旅人之书

—— 一位哲学教授眼中的世界

阎吉达 著

上海三联书店

图书在版编目（CIP）数据

旅人之书：一位哲学教授眼中的世界 / 阎吉达著.
—上海：上海三联书店，2018.9
ISBN 978-7-5426-6436-5

Ⅰ.①旅…　Ⅱ.①阎…　Ⅲ.①游记—作品集—中国—
当代　Ⅳ.①I267.4

中国版本图书馆CIP数据核字（2018）第179507号

旅人之书：一位哲学教授眼中的世界

著　　者 / 阎吉达

责任编辑 / 黄　韬
装帧设计 / 徐　炜
责任校对 / 王卓娅
监　　制 / 姚　军

出版发行 / 上海三联书店
　　　　　　（200030）中国上海市漕溪北路331号A座6楼
电　　话 / 021-22895540
印刷装订 / 上海盛通时代印刷有限公司

版　　次 / 2018年9月第1版
印　　次 / 2018年9月第1次印刷
开　　本 / 787×1092　1/16
字　　数 / 330千字
印　　张 / 17.25
书　　号 / ISBN 978-7-5426-6436-5 / I·1436
定　　价 / 88.00元

敬启读者，如发现本书有印装质量问题，请与印刷厂联系 021-37910000

序

阎吉达先生退休前任复旦大学教授。长期从事西方哲学史的教学与研究工作。著有《贝克莱思想新探》《休谟思想研究》和《西方哲学史》（合著）等在学界有一定影响的著作。曾任上海市哲学学会西方哲学史专业委员会主任。

哲学即使人聪慧之学。也许正由于具有深厚的哲学功底，吉达先生的学术著作富有成果。记得二十余年前，他赠大作《休谟思想研究》给我。该书不仅全面系统地论述了近代英国大思想家休谟在哲学、政治、经济、历史、伦理、美学和宗教学等领域中的杰出思想成就，而且也以较多篇幅着力论述了休谟的精彩人生。这部分给我留下的印象最深。它文字优美，思想表达酣畅淋漓，每读至愉悦之处，则击案而起，感慨莫名，至今难忘。如，得绝症的休谟病重辞世不日，但他"对死亡丝毫没有畏惧的迹象，直到死前数天，他还在病床上认真修改自己的著作，阅读最新出版的书籍，并同朋友进行愉快的谈话"。吉达笔下的休谟是一位伟大的学者，他的治学精神和人格力量是何等感人，竟使我每每唏嘘不已！

多年前退休后，通过"行万里路"，吉达走

出校门，专心探究天地社会人间万象之演变，继续着他的哲学家工作。

去年（2016年）夏，吉达兄自沪地托来兰州度假的孙儿捎来一叠书稿并附手札。书稿即游记散文集《旅人之书》，手札则嘱我校阅书稿并为之作序。我自知浅陋，恐难尽意，但畴昔忝列编审，与文字有点缘分，且素喜吉达兄之书文，又同著者系姻戚关系，故难辞却。今有幸先睹为快，苟勉力为之。

吉达热爱旅游，步履遍及国内外许多地方。他不仅保持着好奇的天性，求幽访胜，怡情山水，又有着探寻事物真相，追求耳目弗逮之事，比较异同，考其源流，察其大势，以求其理。所以他的旅游可称为哲学家的人生感悟游。也因此他撰写的《旅人之书》这一散文游记就异于一些写景记事，状物寄情的游记，也不同于历史上的一些纪实文学游记名著。

吉达的游记有选择地记录了国内三个重要地区和国外十二个国家的行程、游踪，记述众多景物、景观，抒发所感所悟。作者笔下描摹的神秘奇绝之大自然造化，古老文明的斑驳遗痕，以及历史和现代都市之交响曲，很多地方和景观都是人生旅途不可错过的。无论在神奇的雪域高原西藏游览，还是在埃及的万古奇观金字塔、帝王谷参观；无论在意大利古罗马斗兽场前观瞻，还是在欧洲文艺复兴的发源地佛罗伦萨城徜徉；无论在多雕像的伦敦街头观景，还是在莎士比亚陈旧故居小镇斯特拉福德漫步，还有挪威的奇美峡湾、柬埔寨震撼人心的吴哥寺、伊朗的波斯帝国王宫遗址、俄罗斯的莫斯科红场等等。这些包括伟大的世界奇观、普度性灵的宗教圣地、魅力无限的历史名城、优美旖旎的人间仙境，都有着无以伦比的美和沧桑感，对它们的接触和观赏，会使我们的灵魂感到战栗，胸襟得到拓展，心灵获得慰藉。吉达书中记述之地和奇美景观，有的我也去过，但读来更觉温故而知新，弥补疏漏，升华感悟，可谓开卷有益。没去过的地方，读来如临其境。也为今后的旅游提供了很好的选项。

读吉达兄的游记，不仅在认知上能有所获，而且心情上也很是轻松愉悦。以前阅看他的哲学方面的学术专著就很欣赏他的流畅优美的文笔和一气呵成的严密的逻辑架构。现在读其《旅人之书》这一内容较为通俗和平易的著作，就更感到是一种精神上的乐趣。

吉达的游记散文集值得肯定和赞赏之处还在于：对问题的论述富含哲理。先看看他的"绍兴城漫步"。他前后三次造访历史文化名城绍兴。绍兴城的众多文物古迹，名人故居固然对他有吸引力，但在绍兴他的目光最为关注的是保存完好的众多明清历史街区和因千余年来劈山采石而形成的"柯岩"和"东湖"两个景区。通过对问题的论述，他一是要赞颂今日的绍兴人具有的落实在行动上的可贵的文物保护意识，二是要赞颂绍兴的先民们千百年来一直传承的开天辟地的壮举和实干精神。绍兴的今人和先人所具有的值得赞颂和敬佩的优良品质和精神正是追寻着中国梦的当代全体中国人应该具备的精神素质。再看看他的德国篇。在德国篇里，"柏林墙遗址"占了很大的篇幅。在这部分，"柏林墙"前后经历的数十年的风雨沧桑尽现笔下，十分耐人寻味。最后拆墙风波虽然获得解决，但作者却力图从事件的发生和过程得出对德国人民族性的认识：从拆墙事件引出的风波足可看出"德国人对理想和精神家园的执著追求"。

对吉达兄所撰游记散文集，还需指出的是：他在感悟的基础上对所见事物或现象夹议夹评，有赞叹，有忧虑，甚至有批评，有建议，这也十分可嘉。这是当今处于繁荣昌盛期的中国的知识分子以世界为己任，并对未来满怀信心的精神状态的显露，读来令人愉悦和振奋。

最后我想说的是：吉达先生的书稿在文字的论述中插入了为数不少的赏心悦目的照片，做到图文并茂，这也是很好的选择。的确能起到文字内容与所选照片互为印证，相得益彰，以增强读者阅读的兴趣和效果的作用。

企盼吉达兄游记散文集付梓，与读者共享。

是为序。

把志先
2017年6月

自　序

　　退休十余年来，旅游成了我日常生活的一重要内容。国内除了个别省区，几乎都留下了我的足迹，境外则先后去过近四十个国家和地区。我对旅游的热爱当然也经历了一个过程。开始阶段，只是出于好奇，想去一些风景名胜区，或有些名气的地方看一看；后来就慢慢变成了一种爱好，一年要出去好几次。旅游爱好的养成，自然也有原因。首先是它能开阔人的眼界，丰富人的生活。人们长期生活在自己熟悉的地方，熟悉的环境，心情难免不太振奋，不太清新，甚至有些郁闷。而一旦来到一个很有观赏价值的全新的地方，全新的环境，心情就很容易振奋起来，清新起来，也会感到更加愉悦。其次，旅游能极大地增长自己的见识。古人告诫我们要读万卷书，行万里路。读书自然能带给我们知识，行路也是为我们不可或缺的。一来，它可以检验我们从书本上获得的知识是否合乎实际；二来，来到一个新的地方，新的环境，我们也能直接获得原先书本上无法获得的新知识。对欧美国家，对伊斯兰国家，过去从书本上，我早已有所认识，但去了它们那儿，我才发现原先的认识过于教条和简单，有些也并不符合实际。再有，旅游对于健身健脑也是很有益的。外出旅游，除了乘坐交通工具，几乎都在室外活动，这自然很健身。而在旅游期间接触的都是新环境，新事物，这对健脑也总有好处。再说，出发前和回来后，头脑也是要多多开动的。受各方面条件的限制，现在一般退休人员外出旅游，深度游的不多，多数为走马观花式的。而要想在不多天数的时间里获得良好的游览效果，出发前要做足功课，收集所去地方或国家的有关资料，回来后还要及时整理心得体会。其实，在旅游的过程中，需要随时开动脑筋的地方也很多。比如在观光市容时，你不能满足于只看看它的光鲜外表，看看它的大马路两边的高楼大厦，还要设法看看高楼大厦背后一些较为隐蔽的地方。那里或许藏有一片破旧不堪的贫民窟，或许还会保留着几幢有数百年历史的很有价值的古旧老建筑。而看到这些都会为你带来额外的收获。

多年来的旅游活动在带给我心身健康方面的大收益的同时，也总是不断地增进着我对外界广阔天地的了解和认识。这方面，除了接触到许许多多的自然界的奇观和美景，让我大饱眼福，大加欣赏外，还有众多绚丽多彩的城乡人文景观和各种各样的风土人情展现在我的面前，使我对人类社会的多样性有了切实的感受。确实，由于所处自然环境的不同，社会发展背景及发展进程的不同，世界各国和各地区历史的发展和当今的现状也都存在着巨大的差异性。我羡慕那些处于良好的自然环境和社会环境中的国家和人民，同时也敬佩处于不良自然环境中的国家和人民自古以来为生存和发展所付出的艰巨努力和代价。

在云游各地和各国的过程中，我每每感悟到，人类社会的发展既受制于自然环境，也受制于人类自身。但归根结底，人类的命运还是掌握在自己手里。一个国家，一个民族只有不让传统成为包袱，成为桎梏，总是坚持走在不断创新和不断发展的道路上，其国家，其人民才有希望，才能获得社会大众的普遍幸福。

多年来我所经历的外出旅游活动，时间有长有短，收获有大有小，但都很值得我珍惜。每次回来后，我都会及时整理旅游中的所见所闻，并写出自己的一些思想感受。近年来受友人的鼓励，我对其中的十数篇自我觉得尚有些新意或亮点的文字，作了修改和提炼，这便形成了这本交付给读者审阅的散文集。拙著既非对我所到过的旅游景点内容的详细介绍，也非我的旅游行程的详细记录，而主要只是整理和回顾一下多年来我最难忘的一些旅游观感和体会，并奢望它也能让阅者有所得益。不过虽然抱持这一想法，但限于本人的思想认识水平，思想观点不够周全和妥善怕是难免的，还望阅者多多见谅，并予以指正。

再有，因书中涉及的多为自然景观和社会景观方面的内容，因此在文字的论述中，我便插入了我拍摄的为数不少的照片。其中有奇丽的自然风光照和珍贵的文物景点照，但更多的是反映各地和各国人民日常生活的城乡风光照。照片的选用主要是考虑到与我写的文字内容互为印证，相得益彰，以便增强读者阅读的兴趣和效果。

目 录

序

I

自 序

IV

TIBET

雪域高原行

1

TAIWAN

台湾环岛游

19

SHAOXING

绍兴城漫步

39

ANGKOR WAT

吴哥古迹

63

LAOS

老挝奇观

77

INDIA

印度的魅力

87

IRAN

伊朗不再神秘

109

JAPAN

日本游的收获

131

EGYPT

埃及的辉煌与不易

145

ITALY

意大利掠影

165

ENGLAND

英国印象

179

RUSSIA

向往俄罗斯

199

SPAIN

去西班牙看斗牛

215

GERMANY

德国的深度

231

NORTHERN EUROPE

北欧记忆

249

后　记

262

TIBET

雪域高原行

西藏作为世界的屋脊和祖国最为神秘的雪域高原，对旅游爱好者一直有很强的吸引力。2010年8月底在克服了原先思想上存有的"高原反应"的心理障碍后，我终于踏上了前往雪域高原的旅途。为了观察分布在青海和西藏两省区的青藏高原的地质地貌，我选择的进藏路线是从上海飞往青海省的省会西宁，再从西宁沿青藏铁路线乘火车抵达拉萨。晚间8时许火车开动，佛晓之际到达青海省新兴的第二大城市格尔木，之后便一路南行，于傍晚时分安抵拉萨。

青藏高原景色（何永红 摄）

雪域高原行

在从格尔木至拉萨日间开行十余小时的列车上，我双目几乎一直眺望着窗外，想看清青藏高原的究竟。在大部分时间里，我看到的是：湛蓝的天空漂浮着朵朵白云；远处耸立着一座座尚有积雪的高山，源于雪山上的融雪之水在牧草并不丰茂的平地上静静地流淌。这一切仿佛正组合成一幅幅连绵不断的天然而无需人为劳作的山水画。不过在列车平稳前行中，展现在视野中的画面有时也并不很美。除了因高寒气候，一路上几乎看不到绿色的树和肥美的草，光秃而不见冰雪的山体风化也很严重。大约经过严酷的高寒条件下的风吹日晒，冰融雪润，很多山体都怪石嶙峋，显得十分粗犷。山脚下成堆成片地布满山体风化后剥落的灰色和暗灰色的小石块。时间再久，再经风化，这些小石块最终便会形成寸草不生的戈壁滩。另外，透过车窗还看到，源自雪山、冰川或天然雨水，然后流经业已形成的大小戈壁滩的许多溪水的颜色都很混浊，有的甚至已呈现浅黑色。这些受到污染的溪水经小河最终汇入大江大河，又如何能保证大江大河的清澈秀丽呢？实际上，后来在参观气势宏大的雅鲁藏布大峡谷时，所看到的汇集了西藏很大一部分地区流水的雅鲁藏布江的水质，就并不像一些旅游广告所宣传的那样碧绿清澈。

为了人类的健康生存，现在全世界都在谈论预防污染，治理污染的话题。来到青藏高原，我仿佛才一下子意识到，人的生存环境受污染，在有些地区或许直接的肇事者不是人类，而是大自然自身。这有些无奈，但也不表明人类对之就全然不能干预。如果在青藏高原山体遭受严重风化，水环境受到严重破坏的地方，因地制宜多建一些蓄水池或水库之类的水利设施，让受自然环境污染的水体在其中净化一下，沉淀掉一些污染物，或许最终就会让游人眼中的雅鲁藏布江变得清澈秀丽一些。

坐在舒适的被称为"天路"的青藏铁路的车厢里，日行千里，虽然对青藏高原有了一些体验和认识，但这一切还只是初步的。抵达拉萨后，在随后的几天时间里，坐着大巴在更广阔的原野上任意驰骋，并实实在在地站立在世界屋脊之上，参观游览了不少景点，才觉得对青藏高原的认识变得较为充实和较为完备。

纳木错

在拉萨安顿下来后，我们一行最先游览的两个自然景点是名叫纳木错和羊卓雍错的两大著名湖泊。在藏语中"错"的含义为湖。西藏的湖泊十分多。据说我国面积1平方公里以上的湖泊有2700多座，其中半数以上分布在有着丰富的雪山之水的西藏地区。纳木错和羊卓雍错在藏民心目中地位崇高。被认为能显现一些灵异景象，以指示世间之人预卜未来的凶吉祸福，为此它们被看成西藏三大圣湖中的两座。纳木错位于拉萨北部，羊卓雍错位于拉萨南部，距拉萨都在100公里左右。纳木错处于起伏的藏北高原上，东西长70公里，南北宽30公里，面积1940平方公里。据说早期的纳木错湖面海拔比现在低得多，后来随着青藏高原的地壳不断隆起，纳木错也逐渐被抬升。现在其湖面高度海拔4718米，为世界上海拔最高的湖泊，也是我国仅次于青海湖的第二大咸水湖。羊卓雍错湖面海拔4441米，略低于纳木错。因地处喜玛拉雅山北麓大山环绕的峡谷之中，显得十分狭长，东西长约130公里，面积600多平方公里。虽然羊卓雍错湖水面积只有纳木错的三分之一，但比起杭州西湖，其面积还是够大的，为西湖面积的60倍。

来西藏前就获知，纳木错和羊卓雍错是西藏地区的两大美景。游览之后才真真确确地有了认识。我们头天去的是纳木错。在翻越海拔5190米的那根拉山口，来到现场一下大巴，还未走到湖滨，旅友中便有人惊叫起来：太美了！这自然也是大家的心声。美在哪里呢？首先美在湖的气势上。纳木错虽然是湖，但它辽阔无边，看上去就像是一片大海。为此在蒙古语里便被称为"腾格里海"，藏语里其含义为"天湖"。其次美在水和天的奇妙结合上。远远望去，纳木错的水是深绿的，天是深蓝的。而在远方一片深蓝的天空同一片深绿的湖水相接处，又浮现着大片大片的白云，似乎在连结着绿水和蓝天。这种景色平时在祖国内陆浩瀚的大地上实在难以看到。面对如此的美景那才叫心旷神怡呢！当然纳木错带给我们的美的享受并未到此结束。当快步走到湖滨，人们的惊讶又来了：水怎么这么清呀！原来站在岸边向前方望去，在大约二十多米的距离内，躺卧在湖底的不同颜色的小石头都能看得清清楚楚。湖水如此清澈在他处也不多见。

纳木错的水之所以十分清澈，正由于它的周围山体岩石构造好，不易风化，也因而不会污染流入湖中的雪山之水和地表水。

隔天，怀着对纳木错的美好回忆，我们驱车前往羊卓雍错。一路的行程使大伙感到要见到被大山环抱的羊卓雍错并不容易。从海拔三千多米的拉萨起程，在经过一段较为平坦的道路后，突然面对高山。经过一个多小时，在盘旋而上的险峻的、路况不是很好的环山公路上的行驶，最后翻越4990米高的岗巴拉山口，方才见到露出尊容的羊卓雍错。立于居高临下的位置，向下俯视着像一条弯曲的粉绿色的绸丝带环绕着周围山体，又因水质极度清澈，水面清晰地倒影着周围山体及蓝天白云的羊卓雍错，我们一行人立马惊呆了：漂亮呀！身处西藏高原，又处大山包围中的羊卓雍错，以其婀娜秀美的身段包融着周围的大山，包融着纯净而又湛蓝的天，又包融着洁白的云，的的确确是漂亮。为此它被誉为世界上最美的湖泊之一。游览羊卓雍错那天我心情特别好，收获特别多，这或许还因为这一天我们大家都有幸体验了一次成为"仙人"的滋味。就在我们站在山口向下俯视羊卓雍错之美时，突然有一大群浮云好似一大团蒸气从我们身边飞速掠过，前后达数秒钟。当时就有一种腾云驾雾，飘飘欲仙的感觉。事后回想起这段一生难得的经历，头脑中就会重现羊卓雍错的美景。

游览纳木错和羊卓雍错让我欣赏到了一生难得看到的高原美景，同时也体验到进藏后因缺氧而引起的"高原反应"是何种状况。本来乘火车进入西藏，特别是到达海拔已达三千多米的拉萨，最初呼吸似乎有点急促，但不明显。然而在坐大巴前往两座湖的途中，在经过海拔5000米左右的两个山口，并下车观光拍照时，"高原反应"就似乎明显起来。只觉得呼吸急促，头也有些晕。好在导游根据自己的带队经验，没有让我们在山口上停留过长时间。待走到地势较低的湖滨地带，从大家的面部表情便可看出，"高原反应"已逐步消失。据说来西藏旅游，一点"高原反应"都没有，

羊卓雍错

似乎不可能。但也不必担心身体会出大问题。只要没有心血管病，年纪也不太老，并注意有关事项，去一次雪域高原，看看那里的特有风光，应是不错的选择。

当然，到了西藏，要想对西藏的自然风光有更全面的观察和了解，除了坐火车眺望广袤的藏北高原，乘大巴在藏北高原上的大山中穿梭观览众多的湖光山色，还需要去别有一番天地的林芝地区看看。

林芝位于西藏东南部，距拉萨数百公里。境内多数地区海拔不超过3000米，最低处甚至只有900米。再加上地形关系，常年气候温暖湿润，被称为西藏的"小江南"。我们到了那里果真看到了同藏北高原不一样的地貌和景色。那天一大早离开拉萨，沿318国道行车大半天，翻越海拔5013米的米拉山口，再次经历了一次明显的"高原反应"后，大巴便载着我们一行人一路下行，来到大家期待的"小江南"。车沿河面不甚宽的尼洋河开行，只见河两岸多生长着茂密的树木，奔涌着的尼洋河的水也很清澈，看上去像跳动着的淡绿色的翡翠，很惹人喜爱。在到达下榻的林芝县县政府所在地八一镇之前，我们观赏了林芝地区两个著名景点：卡定沟和世界柏树王园林。前者冬暖夏凉，气候宜人，是西藏理想的度假胜地。走进景区，森林茂密，花岗岩壁大气磅礴，瀑布飞泄，十分类似内地江南地区的山水景区。在世界柏树王园林，我们更是一饱眼福。据说这里原先生长着大片千年柏树，后遭砍伐，现只保留下数百株。其中最古老的一株树龄已达2600岁，被称为柏树王。一进园林，我便有些惊愕：虽说树龄都过千年，但数十米高的大树枝繁叶茂，并不显苍老。再走近周围砌有保护性的低矮围墙的柏树王，我更感到有些不可思议：树干竟是那么粗，直径不下五六米，很可能超过一辆大卡车车箱的长度。多年来在境内外旅游，就自然景观而言，古树名木是我的最爱之一。我欣赏过北京不少景点拥有的众多千年古柏，欣赏过山东曲阜孔府、孔林和孔庙种植的为数众多的千年古柏，也欣赏过陕西黄帝陵号称有30000棵平均树龄上千年的黄土高坡上的柏树林——其中的一棵据说为黄帝亲手所植，树龄已达5000年。不过一旦置身林芝地区的柏树王园林，特别是站在它的柏树王面前，我心中便突发奇想：我国最长寿的柏树恐怕不在别处，只在西藏的林芝。至于黄帝陵树龄最长的柏树，在我看来，其树龄不可能有5000年，因为仅从树干的直径看，其直径大

柏树王雄姿

约只有3米多，远不及林芝柏树王的直径。既然如此，黄帝陵的柏树王自然也不可能为传说中的黄帝亲手所植。在这里我倒建议，爱好古树名木的旅友们，不妨选定时日去林芝看看天下真正的柏树王是咋样的。

欣喜地观看了稀有的柏树王园林后，我便盼着第二天去游闻名于世的世界上最长的大峡谷——雅鲁藏布大峡谷。大峡谷位于灵芝县城东部，直线距离不过百多公里，但因道路状况不好，又要翻越不少山岭，之后还要赶回拉萨住宿，因此天不亮便启程前往。经过约4个小时的车程，大巴终于安抵林木茂密的大峡谷。车进停车场之前，老远处便听到在峡谷中奔腾而过、水量巨大的雅鲁藏布江发出的振耳欲聋的咆哮声。下车后近前一看方知眼前这段雅鲁藏布江正处于大峡谷在此切穿喜马拉雅山的转折处。整个峡谷在此呈马蹄状，导致水流不畅，再加此处河床上下落差大，便自然会引发水量丰沛的雅鲁藏布江在此江段发出巨大的咆哮声。不过也正因为如此，这段峡谷便成了最吸引游人的观景点，也成了旅游部门宣传雅鲁藏布大峡谷最佳宣传照片的拍摄景点。

那天虽然天公不作美，下着小雨，但当我们抵达时，只见陡峭的江边搭起的木制观景平台上已站满了人。下车后我和旅友们经过一番努力，总算也挤进平台或在平台附近站住了脚。我看了下，周围挤在一起观景的足有千人，但在前后近一个小时的时间里，几乎听不到谁在说话，包括我本人在内的所有人似乎都屏住呼吸，全身心关注着大峡谷中的水：既欣赏它千军万马状奔腾向前的雄姿，又沉迷于它发出的震耳欲聋的巨大咆哮声。这是一生少有的亲近非凡大自然的机会，同时在心灵上也收获着让人无比陶醉的来自大自然的崇高之美和壮观之美。

在林芝地区游览观光上述景点后，我已感到很满足。原先想，来雪域高原观看的也许就是没有林木相伴，又高寒缺氧的雪山和圣湖之类的苍凉之美，没想到来到地势较低的林芝地区，竟能在多处地方观看到世界级的绿色染尽的灵秀之美。

雅鲁藏布大峡谷

告别拉萨回沪之前，我们还去了日喀则地区。在那里我见识了另一番天地。民以食为天。在位于藏北高原的拉萨周围及温暖湿润的林芝地区，虽然也见到藏族同胞放养着牛羊，在田地里耕耘，收获着庄稼，但西藏的主要农耕区位于地势不是很高、土地又较为平坦的日喀则地区。我们来到西藏正逢青稞收获的季节。大巴行驶在田野间的公路上，正看见藏民使用着现代化的农机具在金黄色的田野上收获着成熟的青稞。半个多世纪前还过着农奴生活的藏族农民，如今使用着现代化的农机具自主地劳作在丰收的田野上，这种田园之美又给我们的雪域高原行增添了不少欢乐情绪。

在日喀则地区除了欣喜于丰收的田园景色，我们一行还十分难忘地参观了著名的帕拉庄园。帕拉家族是西藏近代史上有名的大家族，曾被列为西藏八大贵族世家之一。解放前帕拉家族在江孜、康马、白朗和山南等地拥有12座牧场、三万多亩田地，大小牲畜15000头（只），占有农奴三千多人，还建有庄园37座。其中主庄园为建于1937年的帕拉庄园。该庄园位日喀则地区江孜县班觉伦布村。现为全藏保存最为完整的农奴主的庄园。庄园拥有一幢供家族居住使用的面积5300多平方米的三层楼房。内有

打谷场上（何永红 摄）

82间大小房间。加上前、中、后三个院落，庄园总共占地竟达4.7万平方米。室内布置奢华。末代园主受过良好的教育，曾留学德国，生活方式西化。日常食用从印度进口的西方食品，喝雀巢咖啡，穿进口服装，戴高档手表。但对庄园内农奴的奴役方式却未变。

庄园里除了被称为朗生的农奴们的工作区，也有其居住区。这些地方至今也保留完好。朗生院总面积逾150平方米。当年住14户，六十余人。其中最大的房间14.5平方米，最小的仅4平方米。人均居住面积只有2.5平方米。不过，居住面积狭小这还只是一方面，另一方面，其狭小的居住室多数只有门而无窗，室高也勉强只能让人低着头走动。地面则为潮湿的泥地。朗生们晚上就睡在铺着草料的泥地上。这种窝棚状的居住条件，同家畜的居住场所实无区别。不仅如此，每天从天明到天黑担负着沉重的劳役，超长时间干活，吃着粗糙食物的朗生们稍有不慎，引起主人的不满，还会惨遭主人的毒打。对他们来说，手腿被打断并不少见，被挖眼睛、被抽筋的惨事也会发生。

如今人去楼空的帕拉庄园内陈列着大量图片和实物。其中有当年帕拉家族奢华生活使用过的名贵用品，有对付农奴的各种野蛮刑具。再加上现场存在的与主人的豪宅形成鲜明对照的、朗生们居住的低矮而又潮湿黑暗的窝棚，这一切都会使进入庄园内参观的游人思想上受到极大的震动，看清旧西藏千百年来实行的农奴制度的黑暗性和腐朽性。

现帕拉庄园已被西藏自治区政府辟为爱国主义教育基地，也是自治区重点文物保护单位。

上：帕拉庄园

下：藏民居（何永红 摄）

佛界净土游

　　赴藏游原本是怀着一颗好奇心去看看"世界屋脊"的模样，和神秘的雪域高原特有的自然风光。但到了藏地竟发现自己来到的地方还是一方从未接触过的异样的佛界净土。在拉萨、灵芝和日喀则等所到之地，不仅看到了众多藏式庙宇，更见到了众多僧人和藏传佛教信徒，以各种方式表达着对佛祖的虔诚和信仰。有的人匍匐前行，一路磕长头来到拉萨；有的人一手拿佛珠，一手转着经筒，一面走路，一面口中念念有词地念着经咒。在纳木错湖边，我们还看到徒步围着圣湖行走的"转湖者"。这项朝拜活动尤其体现了信徒们的坚定信仰和毅力。须知，纳木错沿湖岸线长达300公里，体力好的转一圈需时8至10天，体力差的则要走上半个多月。此外，在大巴行驶的途中，我们还看到不少由信徒安置的，用以表达他们的虔诚之心的多色多彩的经幡。旅友们虽都不信教，但对藏传佛教僧人和信徒们的一切虔诚的崇拜活动都还是很感佩的。当然，在藏期间，我们也参观了藏传佛教的三大著名圣地：雄伟壮观的布达拉宫、金碧辉煌的大昭寺和扎什伦布寺。以前对这三大寺院也听说过，但不甚了解，这次通过近距离地接触，我对它们算是增长了不少见识。

布达拉宫

布达拉宫坐落在拉萨市区西北向的红山之上，是一座规模宏大的城堡式建筑群。始建于公元631年。当时统一了西藏地区各部落、建立了远近闻名的吐蕃王朝的藏王松赞干布与唐朝的文成公主联姻，建此宫而居。后两次毁于战乱和火灾。17世纪由五世达赖重建，且日后又经过多次扩建，才成今日之规模。

布达拉宫依山而建，重重叠叠，迂回曲折，起自山脚，直至高达一百多米的山顶，同山体紧紧融合在一起。为此它外观高高耸立，显得十分巍峨壮观。整个建筑群占地总面积36万平方米。东西长360米，南北宽270米。

主楼13层，高117米。总建筑面积13万平方米。主体为红白二宫。白宫建于17世纪上半叶，红宫建于17世纪下半叶。全为石木结构，外墙厚达2至5米，十分坚实。白宫横贯两翼，是达赖喇嘛生活起居的地方，也曾为旧西藏政教合一的地方政权办事机构所在地。宫内各个殿堂、长廊摆设精美，布置华丽。墙上绘有与佛教相关的大量绘画。红宫居中，也处最高位置。宫内供奉众多佛像，墙上也配以大量绚丽生动的壁画，为历代达赖喇嘛的灵塔殿。

作为拉萨的重要城市标志，布达拉宫以其建筑宏伟而著称，也以其藏有大量珍贵文物而闻名，是藏族古代建筑艺术的精华，也是西藏的艺术宝库。1961年被中央政府列入第一批全国重点文物保护单位之一。1994年被联合国教科文组织列入世界文化遗产名录。

不过，布达拉宫虽然最吸引来到拉萨的游人的目光，但入内参观也并不容易，在体力上得要付出一定的代价。特别是参观红宫，先得要攀登数百级因年代久远显得不是很平整的石阶。那天天气虽然不算炎热，但一看周围的攀登者，个个都大汗淋漓、气喘吁吁。我年龄算大的，自然也不例外，但感到是值得的。

大昭寺的建造年代略晚于布达拉宫，为公元647年。相传其建造很是艰难，因为它所在的位置原是一片湖泊，要建寺首先要运送大量的沙土，把地势低洼的湖泊填平。当时藏地人烟稀少，运送沙土的艰巨任务主要便由身强力壮的大山羊来完成。大昭寺建成后，为表达对驮土建寺的大山羊的感谢之情，大昭寺所在地的地名便定为"惹萨"。在藏语中山羊被叫做"惹"，土地被叫做"萨"。后才改称读音相近的"拉萨"这一名字。正因为拉萨这一地名中包含着先有大昭寺后有拉萨城之意，因此自古以来在西藏就流行着"先有大昭寺，后有拉萨城"的说法。其实，从历史的发展看，也正是先有了大昭寺，后来作为西藏的中心城市的拉萨才逐渐形成并发展起来。特别是15世纪后，随着大昭寺逐渐成为藏传佛教的传播中心，其周围相继出现僧人宿舍、宗教学校、其他规模较小的寺庙（如小昭寺），再后来街市上又逐渐出现了大量民居、店铺、旅店和手工作坊等标示着拉萨城正在形成和逐渐发展起来的市政设施。

大昭寺理所当然地位于拉萨市中心，距布达拉宫约一公里。其大殿高四层，上覆金顶，金碧辉煌，十分壮丽。寺内大殿供奉有文成公主从大唐带去的释迦牟尼的12岁金质等身像。虽然两侧配殿也有许多佛像，及松赞干布和文成公主等人的塑像，但正是释迦牟尼的12岁等身像极大地提高了大昭寺在西藏所有藏传佛教寺庙中的显贵地位。在几大佛教圣地中，我们一行最先参观的是大昭寺。那天一大早就随导游前往寺院。在离目的地尚有一段距离时，就见有教徒一路磕长头前往朝拜。到了大昭寺门前的广场上，更见众多信徒原地长时间地一起一卧磕长头跪拜。听说这种场面不是出现在某一天，而是天天如此。而在另外两处圣地，我们参观时所见到的基本上都是外来游客，而少有朝拜者。这种情况的存在，正是因为在藏传佛教信徒们看来，向寺内供奉的金质释迦牟尼12岁等身造像朝拜，就如同向佛祖朝拜，更能祈福消灾。

1961年大昭寺同布达拉宫同时被国家列入全国重点文物保护单位名单。2000年11月又被联合国科教文组织列为世界文化遗产布达拉宫建筑群的扩展项目，正式列入世界文化遗产名录。

大昭寺闻名中外，不过到了大昭寺，八廓街也总得要逛一逛。记得在知道拉萨有个大昭寺的时候，也同时听说了同大昭寺连着有个八廓街。但长时间里除了知道八廓街处闹市区，名字有趣，也知道人们又叫它八角街，别的则一无所知。这次去了拉萨，特别是到了大昭寺，在寺院周围转了一圈，才对八廓街亲近了起来。哦，八廓街的确很热闹。十多米宽的街道两边多为三层楼的藏式房屋，底层则几乎家家开店。卖西藏地方特产和旅游纪念品的居多。在熙熙攘攘的人流中，除了游客，也有不少转经者。数百米长的一条街正好围着大昭寺绕了一圈。来到八廓街，除了现场体验它的热闹氛围，还听导游介绍了它的过往来历。原来藏传佛教信徒相信手持转经筒，一面走路，一面转动经筒，并口中念着经咒，能从佛祖那里祈到福。凡来大昭寺的信徒总是不停地一面转动经筒，一面绕着圈子走。而他们的行走路线大体有三条：内转经道、中转经道和外转经道。内转经道在大昭寺内，外转经道处八廓街外面，远处可达布达拉宫所处的红山地区，而中转经道就在大昭寺的外围，即八廓街。在藏语中，八廓街即中转经道之意。事实上现在围绕着大昭寺的长达数百米、十分热闹繁华的八廓街，当初并无路可言，只是随着大昭寺的建造，有了朝圣者，并且日复一日，年复一年地在中转经道上行走，才最终踩出了八廓街。而有了八廓街，慢慢地又最终有了拉萨城。至于说八廓街又名八角街，那是因为在邻近省份四川人的口里，"八廓街"被念成"八角街"。

手拿小经筒，转动路边的大经筒（何永红 摄）

大昭寺前面的广场

扎什伦布寺处日喀则郊外，依山而建，壮观雄伟，是后藏地区最大佛教寺庙。始建于公元1447年。四世班禅曾对之进行过大规模扩建。为历代班禅喇嘛的驻锡之地。寺内有世界上最大的铜质佛像，高26.2米。由110名工匠费时4年完成。寺内的讲经场规模也很大，为讲经及僧人辩经的场所。讲经场的四壁绘有许多精美的佛像。讲经场旁的大经堂是扎什伦布寺最早的建筑，里面供奉有全寺最早的一尊释迦牟尼佛像。

扎什伦布寺现在也是全国重点文物保护单位。

在藏旅游期间，除了观赏雪域高原的奇异山水风光，还时时处处感受到广大僧人和藏传佛教信徒们以最虔诚的方式表达着对佛祖的信仰之情，并参观了闻名于世的藏传佛教的三大著名圣地，这就不仅使我在对令人称羡的雪域高原的认识方面喜获丰收，而且在对西藏这一佛界净土的认识方面也硕果累累，不仅增进了对藏传佛教和西藏历史的了解和认识，也增进了对汉藏民族关系的了解和认识。

TAIWAN

台湾环岛游

2014年6月17日至24日，前后八天参团赴台游。我们下午3点航班从浦东机场起飞，一个半小时后抵达台湾桃园机场。夜宿桃园闹市区，第二天便开始逆时针方向作环岛游。首个景点是名闻遐迩的日月潭。日月潭其实是位于台湾中部地区南投县的一个为高山环抱的台湾地区最大的淡水湖。它水质清澈，在周围长满绿树的层次分明的山景衬托下，风光秀丽，宛如一巨幅山水画，让人流连忘返。当晚夜宿嘉义。嘉义位于台湾中部偏南地段，人口30万。市区街道整洁，夜景很美。

嘉义市夜景　　　　　　　　风光秀丽的日月潭

19日上午早餐后即乘大巴前往阿里山景区。阿里山同日月潭一样为大陆游客知晓和向往。不过，事前一般游客可能并不知道，阿里山其实并非单一的一座山，而是由18座山峰组成的一群山峦。要到达它的最佳景点也并不容易。离开嘉义市区后，大巴很快便盘山而上。左转右拐，最后在拐过大约500个弯道，前后费时两个多小时后，方才到达最佳观景区。由于在不长的距离内老是拐弯，大巴晃动厉害。上山前虽然大家都服用了防晕车的药，可还是有人中途呕吐。下了车，换上景区专用车辆后，到达的最佳景点的景物主要是一些千年古树。这些古树所处最高海拔位置在2200米。主要树种为桧树。其中树龄最长的达2300岁。这些千年古树有的依然高大挺拔地生长着；有的遭受过雷电的袭击，主干被折断，但依然顽强地活着；还有的主干早已枯死，但却又能从枯死的主干下方长出第二代、第三代的新枝，被称为"三代树"。面对各种形态、各种遭遇的千年古树，大家久久不愿离去，默默地凝视着它们，并静静地站立在它们跟前拍照留影。这或许因为这些千年古树都是漫长历史发展的见证者，从它们身上人们不仅看到了过去和现在，还能预测未来，并实实在在地感受到生命力的顽强和不屈。

画面中间为阿里山地区被称为"神木"的树龄最老的桧树。
2006年经专家确认：树高45米，胸围12.3米，树龄约2300年

这或许因为这些千年古树都是漫长历史发展的见证者，从它们身上人们不仅看到了过去和现在，还能预测未来，并实实在在地感受到生命力的顽强和不屈。

1962年重建的鹅銮鼻灯塔

离开阿里山，傍晚时分我们来到位于台湾南部的高雄市。在位于市中心，以风味美食著称的六合夜市自由闲逛，并用餐。高雄为仅次于台北的全台第二大城市，新建筑多，宽阔的马路也多。甚至用来作为六合夜市的场地也是一条大马路。

20日主要在台南地区游览。在高雄西子湾游览了清朝时期英国人在台建造的第一座外国领事馆的旧址，并眺望作为全台第一大港的高雄港。之后便向南沿着台湾海峡前往地处台湾最南部的屏东县。屏东的主要旅游景点是位于该县最南端的范围很大的垦丁国家公园。公园三面环海，南北东西宽长都在24公里。据说"垦丁"这一地名源自清代。清光绪三年（1877），清廷招抚局从广东潮州一带征集了大批壮丁，将他们带到台湾最南端垦荒种地，后来这片土地便被称之为"垦丁"。在垦丁我们游览的重点是处于其最南端的被称为两个岬（在台湾"岬"的含义为伸入海中的尖形陆地）的景点。一个是位于东边的鹅銮鼻，另一个是位于西边的猫鼻头。这两块伸向大海的景点相距数公里，都属于珊瑚礁。巨礁林立，奇峰突兀，很是奇特。两个岬的南面隔着巴士海峡便是菲律宾。

除了鹅銮鼻和猫鼻头，在垦丁我们还观看了当初曾有武装人员驻守的一座很有些奇特色彩的灯塔——鹅銮鼻灯塔。据说鹅銮鼻西南方有暗礁七星岩，常导致过往船只触礁沉没。如同治六年（1867）美国商船"罗发号"自汕头北上途中便在此处触礁沉没。日本琉球渔民的渔船在七星岩触礁之事也时有发生。为此，为本国船只的过往安全，美日等国政府便要求清政府选址建造夜晚有灯光照射的指示航线的灯塔设施。光绪元年（1875）清政府开始筹建，1881年动工，1883年建成于鹅銮鼻地区。建造费用为白银二十余万两。灯塔为白色圆形铁塔，高五十多米。塔体最高处设以煤油为光源的塔灯。塔体四周有围墙，围墙外还有壕沟。塔区内所有建筑的屋顶都是"蓄水坪"。所蓄之水沿着水管流到地面下九座花岗石蓄水池，以满足驻守此塔的数百名官兵使用淡水的需求。世界各地海域置有众多灯塔，可是很少听到有驻军者。那鹅銮鼻灯塔为何会有大量武装官兵驻守呢？原来，以前美日等外国船只在七星岩附近触礁沉没，大难不死的船员上岸后，常寻衅闹事，同当地民众发生冲突，为保障本国闹事人员的绝对安全，美日等国便要求清政府在灯塔建成后就地驻军，以对付敢于反抗外来挑衅者的当地民众。屈弱的清政府也只有答应的份。

二次大战期间鹅銮鼻灯塔因空袭受损。1962年重建，塔高24米，光力达180万烛光。每10秒一闪，照射距离达27.2海里，是台湾目前光力最强的灯塔，被称为"东亚之光"。

高雄市的六合夜市

前往垦丁途中遇上了天极蓝水极蓝梦幻般的好天气

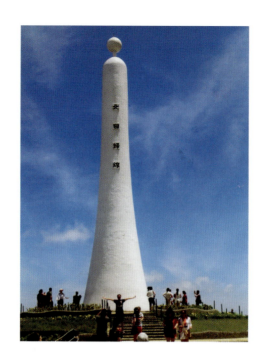

　　离开垦丁公园后，大巴沿太平洋沿岸一路向北前往台东。晚上入住的宾馆大堂按传统农家方式布置，室内外都有温泉池，随时可入池浸泡，这使我们一行既感温馨，又十分留恋。

　　21日中午时分驱车来到北纬23度半，也就是北回归线所处的位置。在车上远远就看到一座数十米高的白色塔式北回归线标识雄伟地竖立在海岸边。真巧，这天正是农历夏至，也就是太阳光垂直照射北回归线的日子。外加天气特好，晴空万里，阳光高照，所以站在高耸入云的回归线标识塔旁边，我们所有人同塔一样，在阳光的照射下，都无影子可寻。这真是直观而又生动地上了一堂天文知识课。

北回归线标识塔

21日重点游览的景点是地处花莲的太鲁阁。这一景区地跨花莲、台中和南投三个县，主要景点在花莲。景区以太鲁阁峡谷为中心，呈东西狭长地形。峡谷两侧层峦叠嶂，悬崖峭壁，溪水纵错，美景众多。仰首看刺向蓝天的山顶不易，觉得头昏目眩；俯首看处于万丈深渊的峡谷底部也不易，令人胆颤心惊。游览时人人头戴硬塑料头盔，以免被山上随时可能落下的碎石击中。来太鲁阁游览不仅被这里极为险峻的山势地貌所震慑，也更为半个多世纪前（20世纪50年代）人们冒着极大风险，历尽千辛万苦，用人工在崇山峻岭中开凿建造了横贯台湾东西部的中横公路而深表敬佩。台湾多山，东西向交通极不便利。为此数十年来从北往南建造了三条穿越大山的东西向横贯公路。而东起花莲太鲁阁，西至台中的中横公路是最早于20世纪50年代建成的。公路长192公里，前后费时3年8个月。参建者以数万从大陆退至台湾的老兵为主。为筑这条公路，前后死亡人数达二百多人。21日夜宿花莲。

既无比险峻，又无比壮美的太鲁阁景区

小城九份

22日一大早我们一行未坐大巴，而是在花莲乘火车北上宜兰。这是因为从花莲至宜兰如坐大巴，要经过一段十分险峻的，前不久因山石飞落而发生过灾祸的山路。不过这样一来，倒让我们有机会体验了一番在台湾坐火车的感受。上了火车便见车厢不仅整洁而且宽敞，乘坐很舒适。车行中观赏窗外的景色，竟看到绵延不断的平原。平原上种着快要成熟的稻子。导游告诉大家，因地理条件好，地处台东北部的宜兰县是台湾的一农业大县。在宜兰重新换大巴北上的路上，穿越了一段很长的隧道，车行竟达15分钟。据说隧道长12.9公里，在中国排名第一。不过不出一个月排名便会降为第二。取而代之的是重庆至兰州的"西秦岭"铁路隧道。该隧道全长28.2公里，已建造6年，即将于今年7月建成。

在宜兰至台北的途中，我们来到了一个叫"九份"的小镇。小镇坐落在台湾东北角的一个濒海的大山上。属新北市瑞芳区管辖。据《台北县志》所载，清朝时期，最初居住在大山深处"九份"这个地方的居民只有九户人家。由于交通不便，平时很少下山购物。若有人下山买东西，一定会买九份，做到每户一份。由此九户人家所在的村落便有了"九份"这一沿用至今的地名。或许因为交通不便，物源不丰富，九份曾长期处于落魄状态。但到了近代，随着黄金的开采，它便一度变得繁华和兴旺起来。1893年（光绪十九年）九份地区发现金矿，一时间大批淘金客蜂拥而至，原先不大的村落迅速发展成三四万人口的小镇。镇上的黄金年产量鼎盛时期曾以吨数计算。大大小小的金矿坑达八十多个。为此曾有"亚洲金都"之称，至今也还保有"黄金山城"之名。不过由于过度开采，20世纪50年代后矿藏资源衰竭。1971年正式结束开采。之后昔日的繁华虽然不再，但依托身处陡峭的大山而又濒临蓝色的大海这一山海相连的地理优势，九份又慢慢变成了一个吸引八方游客的旅游胜地。现在作为一个旅游景点的九份，面向游客的主要是一条长约数百米，宽数米，两边布满各种小吃和旅游纪念品商铺的弯曲状的小街。从房屋低矮、街道狭窄，游客摩肩接踵，十分闹猛的外表景象看，九份有点像大陆上江南地区的一些古老小镇，但实际上两者有着很大的差异。一是九份历史短，房屋也并不古老；二是身处大山，九份既无"流水"，更无"小桥"。

逛过九份后，我们终于来到台北。最先参观的是"孙中山纪念馆"。纪念馆落成于1972年，距101大楼不远，唐代宫殿建筑风格。整个景区就一幢建筑物，远不及隔天就要看到的中正纪念堂气派。下了大巴，我们先在环绕馆舍的立有中山先生青铜座像的中山公园游览拍照。在馆内除了瞻仰各种革命文物，还观看了持枪卫兵进行的威严庄重的换岗仪式。透过这一令人肃然起敬的换岗仪式，昔日的伟人仿佛又来到了我们中间。

馆内执勤卫兵换岗仪式

离开纪念馆，大伙径直来到不远处的101大楼。101大楼是台北人的骄傲。在世界超高层建筑史上也占有一定的地位。自2004年落成启用后，一度成为世界第一高楼（508米）；2010年1月4日，阿联酋迪拜塔（828米）建成，它退居世界第二高楼的位置；2016年3月12日，上海中心大厦（632米）问世，它再次退到世界第三高楼的位置。这座青灰色的玻璃幕墙大楼高耸入云，外形宛若一棵劲竹节节高升，很有一种生生不息的气势。在入内观光并领略了它的大气和装备设施的豪华之后，我们又听导游介绍了在建筑结构上它所具有的一些很有价值的方面。这座外形劲竹般的建筑每八层为一结构单元，而且外立面内斜七度，且层层往上递增，这就不仅让人对之产生一种有节奏的律动美感，还使得整幢建筑内部极为光亮透明，让游人在室内更方便地观天看地。另外，它的结构设计也易于自然化解超高层建筑常会引起的强气流对地面建筑的风场效应，从而确保处于大楼周围地面上的行人的安全。

中山纪念馆前眺望台北101大楼

22日夜宿数十公里外、台湾最北部的城市基隆。店名为"华帅海景饭店"的宾馆邻近基隆港，处闹市区。不过房间很小，除了两张单人床，放一只单人沙发都显得很挤。我们参加的旅游团不是低价团，所以出现这种居住条件过差的情况，原因只能在于当地旅行社管理上的不当。

23日全天自行安排。早餐后即同几位老同学从老旧的基隆火车站乘车前往台北。事先约定去两个地方：自由广场和士林官邸。一个多小时后到达台北，换乘地铁，没几站便来到自由广场。

长方形的自由广场很宽阔，占地数百亩，四周的几大建筑也都显得豪华而气派：广场南侧立有体量很大的牌楼，距牌楼正北数百米处的北侧为广场的主体建筑——中正纪念堂。位于东西两侧的为两座明清宫殿式的建筑——"国家"戏剧院和"国家"音乐厅。纪念堂里除了展示蒋介石和宋美龄生前坐过的奢华座车外，主要是通过不同历史时期的大量照片来为蒋家王朝歌功颂德。但这一切难掩腐败的蒋家王朝最后惨遭失败，被人民解放军赶出大陆的事实。

台北自由广场

离开自由广场后，我们顶着烈日的照射好不容易找到一家小餐馆。用过午餐后稍事休息，便一路观看街景，一路打听来到"士林官邸"。士林官邸为蒋介石生前在台北的主要住所，地处北郊，周围林木茂盛，风景不错。主要建筑为一幢二层楼房。在日本侵略者占领时期，此处原为"总督府园艺所"。日本投降，台湾回归祖国后，改名为"士林园艺实验分所"。后经改扩建，自1950年5月起成为蒋介石和宋美龄的住所。由此便有了"士林官邸"之名。1975年4月蒋介石病逝，同年9月宋美龄移居美国，官邸人去楼空。此后宋美龄三度回台，都住在士林官邸。第一次是蒋介石逝世周年纪念。第二次是1986年蒋介石百岁冥诞。这一次住了四年之久。其间历经蒋子蒋经国，蒋孙蒋孝文、蒋孝武先后病逝的白发人送黑发人之丧痛。第三次是1994年探视她宠爱的病重的外甥女孔令伟。2003年10月宋美龄在美国纽约过世。从此蒋家再无人来此居留。

后经过一番整理，士林官邸作为"名人故居"和"生态园林"于2011年元月对外开放。不巧，那天我们来到官邸时，正碰上它闭馆休息，于是只好在其周围拍照留影。

离开士林官邸天色已暗，一行人便步行来到不远处的大名鼎鼎的士林夜市用餐。改造后的夜

市的餐饮部分都集中到地下一层。摊位多，花样也不少。不过我们几名老人在各个摊位前东看西看的兴趣似乎远大于坐下来进餐的兴趣。餐毕虽然时间已晚，我们还是坐火车回到数十公里外的基隆，住回昨晚住过的狭小宾馆房。

24日一早离开基隆，大巴朝西北方向行驶不远距离，便来到位于新北市的台湾又一著名风景区——野柳地质公园。该景区位于海滨，为沙岩构成。万千年来经受海浪的侵蚀、风化及地壳运动等的作用，易受侵蚀，易受风化的沙质岩石构成的地貌形成了各种各样罕见的地形和物态。诸如女王头石、猫头石、狗头石、金钱豹石、蜂窝

石和蘑菇石等等。有人从科学的角度把常人依据自己所看到的外形，发挥艺术想象力给各种奇石所取的名称统称为"蕈石"。把形态各异的奇石看成蕈石发育变化的不同阶段。露出海面的被称为蕈石的各种奇石，在露出海面后受到各种侵蚀力量的作用，开始了自己的生长发育过程。在变成各种人见人爱的形状怪异的奇石之后，最后难免归于消亡和毁灭。如现场看到的金钱豹石外皮就剥落得很严重。现场游客最为争相拍照的"女王头"其颈部也在不断变细。要想使其不断变细的颈部不断裂，大概也只能再坚持10到20年。一旦遇上大地震或强风，很可能还会提前折断。

为了大力减缓和降低海水侵蚀、风化的进程和速度，以延长最受游人青睐的女王头石的寿命，野柳地质公园管理部门已委托台湾大学有关地质研究机构对其进行过抗侵蚀和抗风化的药剂测试试验。据说效果明显。不过也有人反对这种人为干预的做法。在他们看来，鬼斧神工式的自然景观的出现是大自然自身发生运动变化的产物，即使消失了，也还会有新的奇异景观出现。他们甚至设想，一旦女王头石消失后，说不定会有男王头石应运而生。

上：女王头石
下：蘑菇石

离开野柳地质公园后，坐车朝西南方向盘山而行，约1个小时后来到同样也是很出名的又一景点——阳明山国家公园。该景区范围很大，景点众多，处台北北郊的阳明山上。面积约8400公顷，属于大屯火山群区域。因时间紧促，在景区内我们重点观光的是"小油坑"。从中观察和体验到了虽然休眠，但却未休闲的火山所体现出来的一些地面状态和特征。"小油坑"海拔八百余米，是阳明山公园内地质活动一直相当活跃的景观区。在火山喷发休止后的长时间里，当年火山喷发所存的残余热量一直持续加热地下水，使之由岩石裂隙上升至地表，形成喷气孔、温泉等现象。而喷气孔和温泉周围的岩壁由于长期受到高温气体和水气的风化和侵蚀，岩层变得松软，很易塌陷，而最终变为碎屑。现在游人在地表的喷气孔和小面积高温温泉周围所看到的景色便是碎屑一片。这一切显示的都是大自然的自身运动、变化和力量。在"小油坑"的一些喷气孔旁边常见立有"高热危险勿靠近"的警示牌。据测定，多数喷气孔的温度常年一直维持在95.2至95.6摄氏度。完全可以把鸡蛋或大米煮熟。

离开"小油坑"，大巴盘旋而下，约中午时分来到地处台北闹市区的一家著名牛肉面店，享受的是所谓"七天王台湾冠军牛肉面"。虽然店内的墙上布置有马英九吃面的广告，但过后似乎没有听到周围有谁对品尝过的面食发出褒奖之声。

在告别台湾的当天下午我们心情有些激动地来到了台北的故宫博物院。建于1965年的博物院位于一片林木茂盛的山麓地带。周围环境优美，有多幢宫殿式的大型建筑。馆藏文物近70万件。据说每次布展只能展出5000件。每三个月更换展出一次。一件文物展出后，要再过三十五年才能轮到下一次展出。而当下展出的那数千件文物，如要仔细观看，也得花上一整天的时间。我们进入馆内的时间很短，便只能观赏其中很少一部分展品。虽然如此，我还是体会到台北故宫博物院的馆藏同北京故宫博物院的馆藏一样，都体现了有数千年历史的华夏文明的博大精深。其实，台北故宫博物院的文物本是北京故宫博物院文物的一部分，两院馆藏合二为一将能更好地体现华夏文明的博大精深。但愿这一天能早日到来。

离开故宫博物院后，团队直接前往桃园机场。当晚8时返抵上海，愉快而又顺利地结束了台湾环岛八日游。

此次赴台八日游，不仅游览了很多景点，在思想认识上也是很有收获的。去之前，一直觉得台湾地方小，可看可游的景点不会很多。可是随着游程的逐步展开，我便发现宝岛台湾的很多自然景观的游览价值还是挺高的。其中最让我感兴趣和难忘的有：日月潭、阿里山、太鲁阁、野柳地质公园和阳明山公园。一些人文景观也值得一看，如台北故宫博物院、孙中山纪念馆、士林官邸等。另外，此次八日游虽然时间还是短了些，但八天下来，近2000公里的行程，使我对台湾的山川地貌及经济发展状况，还有城市风貌也有了一定的认识。台湾多山，平原少，但没想到，就是在如此不利于农业发展的条件下，台湾的农业经济却发展得不错：大米出口，水果出口，茶叶也外销。我想这要归功于台湾人民的勤劳和智慧。再有，台湾地方小，山又多，像样的能够通航的河流少之又少，但公路和铁路运输都很发达。在台期间我便感到，在台乘车出行还是挺便利的。在八天的旅程中，除了花莲至宜兰坐了一个多小时的火车，其他在城市之间的行程都是沿东西海岸环岛公路行进的。而且行进在这条环岛公路上，不仅少有堵车情形，还能尽情观赏海景。说到台湾的海景，还真有很让人动情的内容。坐在车上向远方眺望，不时会看到惊涛拍岸的壮观气势，更能长时间地欣赏到海水颜色发生的奇妙变化。如果是大晴天，那海水的颜色不会只有一种。放眼望去，由近及远其颜色大致有三种：近海岸沙滩处（宽约数十米）的海水呈暗黄色；往外（约数百米）呈墨绿色；最外档及至大海深处呈蔚蓝色。据导游介绍，台湾四周海水颜色由近及远差异性的产生，既同海水的深浅变化相关，也同远近海水所受大洋深处发生的海水环流的不同影响相关。不过，在蓝天白云衬托下，在颜色上很有层次感的台湾四周的海水，虽然美得让人陶醉，但台湾的海景似乎也有一些缺陷，主要是近海海滩上的海沙沙质不好。在沿东西海岸公路长距离的行驶中，我很少看到过海滩上的海沙是细黄色的，更别说白海沙了。所见海沙多为颜色浅灰的粗沙。大概正因此，我们也便没怎么见到过台湾海边有什么正式的海滨浴场。

在台旅游，除了逛景点，便是每天同相距不远的大大小小城市打交道。总的感觉是，除了台北和高雄，一般城市的道路和建筑都较陈旧。特别是人行道不太规整。在有的城市可以看到，各家商店门前骑楼下的人行道的铺设，不仅用的材质不同（有的用木料，有的用天然石材，还有的用人造石材），而且路面高度也有差异——相邻两家门前人行道高低相差甚至达二三十厘米。如此以来，行人走路就得当心，以免崴了脚。回到住处后，我们不免有些感叹：台湾城市的人行道倒底为公家所有，还是私人所有？这种市政状况在世界上恐怕很少见到。不管怎么说，人行道高低不平的问题不解决，对在游人心目中树立台湾城市的良好形象总是不利的。当然，在指出台湾的市政道路建设和管理上存在一些缺陷的同时，我们也不会忘记台湾的城市管理留给我们的一些美好印象。首先是所到之处，环境都比较干净，地上几乎看不到垃圾。再有，城市的街道上尽管汽车多，摩托车和各种型号的助动车也多，却没有人随意鸣号。对比大陆有关部门对道路车辆管理的状况，差距就比较明显了。

总之，赴台环岛八日游收获不小。既游览了自然风光和人文景观，也多少见识了台湾当前的一些社会状况。

SHAOXING

绍兴城漫步

因祖籍绍兴，周恩来便曾说："我是绍兴人。"

退休后，去绍兴游玩过一次后，间隔着又去过两次。这三次行游或许是我喜爱上绍兴城的一个标志。

回想第一次去绍兴的动因，不外乎早就知悉它是一座历史文化名城。不但历史悠久，而且人杰地灵，历代名人辈出。其中有政治家、思想家、文学家和艺术家，还有科学家。如春秋时期的越王勾践、东汉唯物主义思想家王充、东晋书圣王羲之、写下"少小离家老大回，乡音未改鬓毛衰。儿童相见不相识，笑问客从何处来"的绝佳诗句的唐代诗人贺知章、南宋爱国诗人陆游。到了近现代，自辛亥革命以来的秋瑾、蔡元培、徐锡麟、陶成章、范文澜、马寅初、竺可桢等名人也都来自绍兴。伟大的文学家、思想家和革命家鲁迅更是在此度过了自己的童年和少年时代。

到了绍兴，通过参加介绍前人遗留下来的宝贵思想文化遗产的活动，及参观遍布全城各处的文物和故居，思想很受触动和感染，收获甚大。据统计，目前绍兴拥有的全国重点文物保护单位30处，省级文物保护单位48处。为此早在1982年国务院公布的第一批24个全国历史文化名城中，就有绍兴的名字。

在绍兴不仅能感受到无比深厚的历史文化积淀，感受到前人留存下来的无形的思想上和精神上的能给后人以极大的思想滋润作用的巨大宝贵遗产，也能心情十分闲适地观览许多古迹胜景。而且这些古迹胜景不仅数量多，同时特色鲜明，在国内外其他地方很少能看到，因而会吸引游人多次前往参观游览。

三次绍兴游，在我心中最最难忘的古迹胜景，一是它的诸多历史街区，二是它的柯岩景区和东湖景区。

绍兴的历史街区

来到绍兴后，我发现这座城市同全国其他许多城市一样，也很现代化，道路宽阔，高楼林立。但走街串巷后，便又发现绍兴城除了现代化的一面外，也有古老的一面。在它的旧城区，仍然保留着许多明清时期形成的市政格局：不宽的道路上依然铺着大块条石，条石道路的两旁留存着原有的砖木结构的一至两层的粉墙黛瓦的房屋。而且在以一条街为主的一个街区，主街两边往往隔一段距离便会生出一条小巷子。巷子虽窄小，但却幽深。走进去或许又会发现一片大天地：里面藏有一户，甚至多户有着多进庭院的名人或富人的故居。漫步在这样的历史街区，心情如同进入欧洲的一些保存完好的中世纪小镇。去欧洲旅游，我喜爱游览保留着中世纪风格的小镇，同样，来到绍兴我爱看的也是它的保留着明清风貌的历史街区。虽然绍兴的历史街区同欧洲中世纪留存下来的小镇，在市政布局和房屋的样式上有着很大的差异，但它们都深深地烙下了时代的印记，体现着前人的智慧和创意。漫步在都是用石料铺就的古旧道路上，看着道路两旁古旧样式的房屋，人们在赞扬前人的智慧和创造的同时，也在享受着现代人回到了古代的奇妙感觉。

三次来绍兴，漫步一些历史街区，仓桥直街给我的印象最深。这条同青山相依，位于城市广场和府山之间，北起宝珠桥，南至凰仪桥，宽约六七米，长约一公里半的明清老街，虽然因其位于繁华的市中心，道路两侧也开设有一些茶馆、餐厅和酒吧，但长长的一条街及周边的一些小巷，不仅道路和房屋整体保持明清时期的样式，而且众多石砌河岸的碧水小河依旧，从北往南原有的诸多很有观赏性的小石桥也依旧。另外，在绍兴当地被称为"台门"的有着多进庭院的大型民居，在仓桥直街街区不仅数量多（四十多座），而且保存状态良好。如此以来，仓桥直街街区便成了外来游客体验绍兴"古城""水城"和"桥都"的第一站。我首次到绍兴游览，听友人介绍，便最先来到仓桥直街。正由于整个街区在形态上受到了很好的保护，2003年9月，仓桥直街便荣获联合国教科文组织亚太地区遗产保护优秀奖。

仓桥直街历史街区

其实，几天下来，在绍兴老街区走走看看，我发现值得获颁遗产保护奖的街区和地段还真不少。如八字桥（属国家重点文物保护单位）所在街区。实为两桥的大名鼎鼎的八字桥始建于南宋宝祐四年（公元1256年）。此后虽多次重修，但桥型仍是宋代的建制。两桥建于垂直相交的两条河上，彼此垂直相连，状如八字，故名。如今两座桥附近的一大片街区不仅全保留着明清样式的老房子，而且也少有商店，更不见有什么酒吧。如此一来，人流就较少。诺大的一片地段也因而就显得很清静，让厌倦了城市喧嚣气氛的人乐于来此逗留和漫步。那天在八字桥附近我就逗留了老半天。在观看了当地住户人家在家门口打牌闲聊，过着十分惬意的生活场景后，便走到了两座桥上，一会儿在桥面上来回踱步，一会儿又用手抚摸着外表历经风雨侵蚀而显得很不平整的桥栏杆。此时我没有多想什么，似乎有些茫然，又似乎默默地同千年前遗留下来的历史见证物进行着对话。

漫步在这样的历史街区，心情如同进入欧洲的一些保存完好的中世纪小镇。去欧洲旅游，我喜爱游览保留着中世纪风格的小镇，同样，来到绍兴我爱看的也是它的保留着明清风貌的历史街区。

百草园

当然，来到绍兴，说起对文物古迹的观览，鲁迅故里总有着极强的吸引力。首次到绍兴时，我在游览了仓桥直街后，便兴致勃勃地前往鲁迅故里参观。乘车来到市中心偏南位置的鲁迅中路西段，老远就看见数百平方米广场的北端竖立着一个"鲁迅故里"的大告示牌。进到里面参观后才发现，"鲁迅故里"并不仅仅指鲁迅的故居和祖居，而是包括鲁迅祖居、鲁迅故居，鲁迅著作中涉及的百草园、三味书屋、寿家台门、长庆寺、土谷祠、恒济当铺及重建的咸亨酒店和新建的鲁迅纪念馆，还有原有的一些民居老屋。这里是鲁迅出生和度过年少时代的故土，也藏着鲁迅先生笔下所记叙的无拘无束的童年和少年时代的风物和环境。多年前，主要是学生时代，也曾读过鲁迅先生的一些脍炙人口的著作。要不是来到鲁迅故里，对文中所叙内容恐怕已淡忘。而走进鲁迅故里，参观了曾留下鲁迅身影的老旧屋舍及鲁迅在其著作中所提及的一些旧物和往事，我竟在头脑中又较为清晰地浮现出多年前，阅读鲁迅的著作时所记下的一些景物和趣事。在百草园和三味书屋，我忆起了鲁迅在《从百草园到三味书屋》一文中，对自己儿时在院子里捉虫玩鸟的童年快乐生活的回忆；对称得上"极方正、质朴、博学"的私塾老师少用"戒尺"、少用"罚跪规则"的赞扬。当然，来到故里现场，通过实地观看和讲解员的讲解，我对伴随鲁迅走过少年时代的百草园和三味书屋及鲁迅在三味书屋读书时的情景也有了更多的了解和认识。位于故居内的百草园占地面积两千余平方米。据说经过整理已基本恢复原貌。园内除种植多种蔬菜，还植有竹园和桑树、皂角树等多种树木。

三味书屋

　　三味书屋距鲁迅故居仅数十米，上学只需经过一座小石桥。书屋位于塾师寿镜吾的寿家台门内，面积约三十多平方米。三味书屋是清末绍兴城内颇负盛名的一所私塾。屋内正上方悬挂的"三味书屋"匾额下挂着一幅松鹿图。学生每天上学要先对着匾额和松鹿图行礼，然后才开始读书。书屋内置放着十余张座位。鲁迅最初坐在位于书屋的南墙下，由于别的学生趁塾师读书时不注意，经常出入后园，影响其学习，便要求塾师把座位移到东北角。鲁迅使用的是一张两抽屉的硬木书桌，桌面右下角有一个一寸见方的刀刻的"早"字，为鲁迅所刻。为何要在书桌上刻下这一"早"字呢？原来，鲁迅有次因故迟到，受到塾师的严厉批评，于是便在视线范围内用刀刻下了这个"早"字，用以自勉，以后一定只能早到，而不能迟到。在校五年间，鲁迅读书一直十分勤勉，求知欲望很强。除了完成塾师规定的《四书》《五经》等的功课外，还多方寻求课外读物。如《尔雅音图》《癸已类稿》等等。另外，鲁迅读书也不喜死记硬背，而是注重理解和掌握。他曾制作了精美小巧的书签，中间写着——读书三到：心到、眼到、口到。因他读书都按照三到的方法，所以比别人学得快，学得好，为此常受到塾师的表扬和称赞。

来到土谷祠，我便想起鲁迅在《阿Q正传》这部小说中对处于社会底层的，受尽欺压和凌辱的阿Q形象的生动刻画。这一后来被搬上银幕的阿Q形象之所以生动逼真，而又感人，正因为它取材于现实生活。在土谷祠我看到的介绍材料表明，这一始建年代不详，共两进三间平房的祠堂，常年栖身着一些无家可归的乞丐和游民。其中有个叫谢阿桂的人孑然一身，也住在祠里。平时主要靠替别人舂米、帮工维持生计。此人曾给鲁迅家打过短工，但因沾染偷窃习气，名声不好。鲁迅对他比较熟悉，后来在小说《阿Q正传》中，或许正是以他为原型创作了阿Q这个不朽的艺术形象。

土谷祠

咸亨酒店建于清光绪甲午年（1894）。由周氏几个本家合股开设。位于鲁迅故居附近。但由于经营不善，只维持两年光景，便关门歇业。咸亨酒店在鲁迅作品中被多次提及，并以其为背景，创作了《孔乙己》这篇经典小说。1981年9月在纪念鲁迅诞辰100周年之际，重新开设

　　在咸亨酒店进餐时，鲁迅在《孔乙己》中塑造的常来咸亨酒店喝酒的孔乙己的形象也浮现在我的脑海里。这篇小说发表于1919年4月的《新青年》上。鲁迅在篇末的附记中在谦称这是"一篇很拙的小说"时，还称它描写了"社会上的一种生活"。这即是处于社会大变革时期，因家境败落，生活贫穷，而又显得颓废的知识分子所过的一种生活。这种人以读书人自居，常年穿着破旧的长衫，为生计只好帮人家做点文职方面的事情，如想到酒店买碗酒喝，因钱不够，不能坐到店里去，便只能站在柜台边上喝。虽然现今新开的咸亨酒店已远非鲁迅所处时代只开了两年便告关门的老咸亨酒店，但庆幸的是，店里的员工中居然有人也很熟悉鲁迅的著作。其中一位上了年纪的员工对我说，鲁迅小说中长年穿破旧长衫、站在酒店柜台边喝酒的孔乙己这个人物的原型姓孟，当年大家都叫他孟夫子。虽然是大户人家出身，但因家境败落，生活困难，平时只能靠替人家抄抄书、写写信为生。不得已时，也会偷盗别人家的东西。虽如此，但终年都穿着破旧的长衫，显得是个读书人的样子。由此可见，鲁迅的《孔乙己》这篇同样是很经典的作品的问世，也是立足于现实生活之上的。

当然，到了鲁迅故里，恒济当铺我也想着要去看一看。当铺虽然早已歇业，现只留下遗址，但来到它跟前，看到大门旁的墙上写着的斗大的"当"字，我便记起了鲁迅在其著作中提到的，年少时由于家道中落，为维持生计和为父买药治病，而常去当铺典当家中衣物和首饰的情景。大约因为来到了现场，鲁迅在其著作中提到的情景，更使我产生了同情之心，我多么不希望鲁迅少年时便经受那么多苦难的磨练。总之，来到鲁迅故里，通过接触和参观留存到现在的鲁迅所处时代的一些相关旧居和文物，对于重新接触和深刻认识作为大文豪的鲁迅先生是很有意义的。

鲁迅故居

三次绍兴行，能打听到的值得一游的历史街区，我几乎都到过。而且街区内的所有主街我也都从头到尾走过一遍。除了上面谈到的，尚有西街、西小路、肖山路和戢山街等街区。这些街区的主街长的超过一公里（仓桥直街最长），短的有数百米。街区主街的道路和房屋虽然很相似，但毕竟也有差异。仓桥直街和肖山路门店一家挨着一家，想当年一定是十分繁华的商业区。现今仓桥直街的门店有很多已改为住家，而肖山路依然很红火。主要是经营南北干货和日杂用品。看来由于所处市政位置的关系，它的商业街的功能一时还无法被代替。不过在繁华的肖山路的两侧却也隐藏着一些十分寂静的小巷。其中笔飞弄最出名。小巷虽幽深（长数百米）而狭窄，却内有不少台门人家。其中最著名的为国家级重点文物保护单位的蔡元培故居。故居始建于明清时期，系砖木结构，坐北朝南，共三进，占地面积1600平方米。被毛泽东称为"学界泰斗，人世楷模"的蔡元培在此诞生，并在此度过了童年和青少年时代。除了仓桥直街和肖山路，其他的历史街区则基本上类似于八字桥街区。这些街区原先大概就是属于居住区，现在也依然显得十分冷清和宁静。我想，如果这些街区的房子适当地改造装修一下，至少是增设卫生间和使用天然气，那可是很不错的养老福地。

蔡元培故居

戬山街，街的北端，戬山南麓留存着书圣王羲之的故宅

漫步在绍兴城的多个历史街区，在备感新奇和愉悦之际，我心中也常会出现这样一个念头：当今在中国能像绍兴城这样，完好地保留下那么多可供人们观赏的明清历史街区的城市，恐怕是很少很少了。由此也便想着应向绍兴人深表谢意。在近现代，特别是进入改革开放时期的最近几十年，绍兴也和祖国其他地区的城市一样，不断地向前发展变化着，不少产业也都很具规模，不仅在国内，甚至在世界上也占有一定的地位。但绍兴人在快速发展自己的城市和产业的过程中，并没有像许多地方那样搞大拆大建，没有破坏原有的很有文物价值的旧城区，而倒是十分注重保护好它们。这是很值得称道的。

笔飞弄。有数百年历史的幽深的笔飞弄藏有不少"台门"大宅。蔡元培故居即是其中的一户

在谈我对柯岩景区和东湖景区的观感之前，先得说一下历史悠久的绍兴城除了具有典型的历史文化名城的身份，还历来具有另一个同样也是很典型的身份，即它是著名的江南水乡之都。就它而言，"水在城中，城在水中"是十分恰当的描述。水的存在不仅使绍兴秀美，也使绍兴生机盎然。然而绍兴又具有不同于许多江南水乡城镇的一大特点，这便是绍兴的"水"不是单一而孤立的，而是同"山"相伴，同"山"相依的。甚至可以说，正是由于"山"的存在，古今绍兴的生存发展，以及绍兴人的生存发展所紧密依赖的"水"，才更好地承担和发挥着自己的作用。这一点是显而易见的。作为水乡的绍兴，河流纵横交错，密如蛛网。为便于通行，在水上也必然要架设众多的桥梁。据清光绪年间记载，当时绍兴城区面积约相当于7.4平方公里，共有桥梁229座。其中最著名的有20座。为此，自古以来，绍兴城便有"桥都"之称。绍兴的石桥之多，堪称天下第一。在绍兴，桥的建造需要人的智慧和财力，也需要有大量的石材。而且水乡绍兴的发展对大量石材的需求，不仅来自造桥的需要，还来自河岸砌石和道路建设的需要。现在人们走在古老的绍兴旧城区，走在石板铺砌的街道上，或乘坐乌篷船划行在两岸条石砌成的小河中，心中一定会感叹道：绍兴城道路的修建，河岸的垒砌，这要多少石头呀！的确，自古以来，水乡绍兴为了造桥、铺路、砌河岸，甚至造房子都需要大量的石材。这些石材如果取自较远的外省外地，那在运输条件和交通工具都很落后的古代，实难以想象。值得庆幸的是，历代绍兴城市建设所需的大量石材不是取自外省外地，而正是取自作为水乡之都的绍兴本地。在绍兴游览，人们一定会发现，绍兴多水，也多山。而且绍兴的大大小小的山不仅分布在郊区，也分布在城区。这些广为分布的大小山体表面上虽然有泥土覆盖，但整体却多为坚硬的岩石构成。正是这些岩石山体千百年来，源源不断地为历朝历代勤劳而又富有智慧的绍兴人，提供着大量的石材。

自古以来，在我国的江南地区先后兴起了诸如周庄、西塘、同里、朱家角等一大批优秀的水乡城镇，然而其规模都无法同绍兴相比。我想其中重要的一个原因便是：这些水乡市镇自身只有水，而无山。或者虽有山，但山上却无石可采。因为无山或无可采石之山，不能就近取石，这势必会极大地限制城镇的发展速度和发展规模。

其实，水乡之城绍兴的形成和发展，不仅在整体上得益于其辖区内有许多的山，就是其诸多著名旅游景点的形成，也离不开"山"的存在。这里我不去谈说山水自然相依的景区景点，而只想说正是通过对山体的利用和改造而成的两大游人必去的著名景区：柯岩景区和东湖景区。

弥勒座像

　　柯岩景区位绍兴城西12公里处的柯山东麓。占地近7平方公里。是一个融自然、园林、宗教庙宇及娱乐休闲于一体的著名旅游胜地。不过整个景区形成于古代采石遗留下来的石文化成果。步入景区正门，迎面见到的是一座古朴石亭。亭中石碑上写着"柯岩绝胜"四个大字。这是书圣王羲之的手迹。而书圣的题字正恰当地反映了早在一千多年前就成一旅游胜地的柯岩景区所具有的石文化的特色。景区内有幽邃的岩洞、陡峭的悬崖和高达数十米的摩崖石刻，并伴有大面积的清澈水塘。而这一切正是远溯至汉代，至今已有1800多年的时间里，无数代石工们长年累月开山采石所形成。在柯岩众多开山采石所形成的"绝胜"中有两座最为标志性的景观——冲霄壁立的孤岩状的"云骨"和高大耸立的弥勒座像。这两者是长期开山采石所形成，而且不是形成于一般的开山，而是在把大半座柯山搬掉的过程中，最后留下两块相距七八十米，高达数十米，体态庞大的巨石，再经过艰难的雕塑后所形成。想想看，在生产力水平极度低下，劳动工具极为简单的古代，前后这一切要经过多长时间，多少代人，花费多少人力物力方能完成。

　　柯岩景区的弥勒大佛坐像，为浙江境内四大石佛之一。大佛岩高三十余米，与东侧的"云骨"东西相对。隋唐时期有石工凿岩为龛，雕凿制成了弥勒佛像。像高10.6米。据说历三世而成。佛像面部丰润，螺形发髻，身著袈裟，仪态娴雅慈祥，具唐代风格。整座佛像是江南地区石刻艺术的珍品。

"云骨"位大佛东侧。历来被誉为"石魂"和"天下第一石"。也有人称这块高高耸立、形状怪异的石柱为历代石工们采剩下来的柯山。云骨虽高达三十余米，重达百吨，但底围只有5至6米。且底部的两端最窄处宽只有数十厘米。总体形态上丰下削，像一根底部瘦削伸向云端的骨头，故取名"云骨"。云骨令人称奇叫绝之处就在于：虽看似头重脚轻，不甚坚牢，随时都可能从底部折断，但自脱离母体柯山后，已在风雨中屹立一千余年而巍然不倒。这大约一是因为自身为优质花岗岩，材质好；二是因为前人石工们在对其进行打磨雕塑时，对其整体的造型和形状做过精准的算计，以确保它能永世屹立不倒。对于云骨，我近前观看多次，除了欣赏和好奇，更是钦佩前人的智慧和力量。近前观看，稍加留意会发现在其约20米的高处有光绪年间所刻的"云骨"两个比人还高的隶书大字。高耸挺拔的云骨体现着一种风骨和气节，历来受文人墨客的推崇和敬仰。相传北宋大书法家米芾，号称石痴，见云骨而"癫狂"，前后绕行云骨数日才离去。云骨顶端石峰里生长着一颗苍翠古柏，据说树龄已逾千载。从下向上仰望它，我也禁不住会思绪万千。

弥勒佛像和云骨，还有也是出自隋唐时期的摩崖石刻，是柯岩景区内最珍贵的文物。2013年3月被国家定为全国重点文物保护单位。

云骨

东湖景区

东湖景区位绍兴城东约6公里的近郊。景区虽然山不高，湖不大，但水深岩奇，山连水，水连洞，亭榭错落，桃柳隔岸，湖光山色，相映成趣。外加头戴乌毡帽的船工，用脚划着的乌篷小船不时在湖面上穿梭而过，因此整个景区美如画。由此广被世人称为一座巧夺天工的"水石大盆景"。并被看作与杭州西湖、嘉兴南湖并列的浙江三大名湖。可今人恐怕很难想到，现在的东湖景区原先并没有湖水，只有山。正是由于千百年来，绍兴地区的先民们为生存发展而建房、铺路和造桥之需，在绕门山北麓开山取石，最终削去半边山体，并在悬崖下取石后形成大面积的深潭，才为后来优美的东湖景区的最终形成打下了基础和框架。

绍兴地区的先民在今东湖地区开山采石，最早始于汉代。隋朝年间，当地政府为扩建绍兴古城，开始大规模开挖山体。此后历代工匠手足胼胝，采石不已。绕门山在被削去半个山体后，遂成刀劈斧削的悬崖峭壁，并暗藏一些深邃的岩洞。悬崖底部被掏空的山体也形成了积水的深潭。

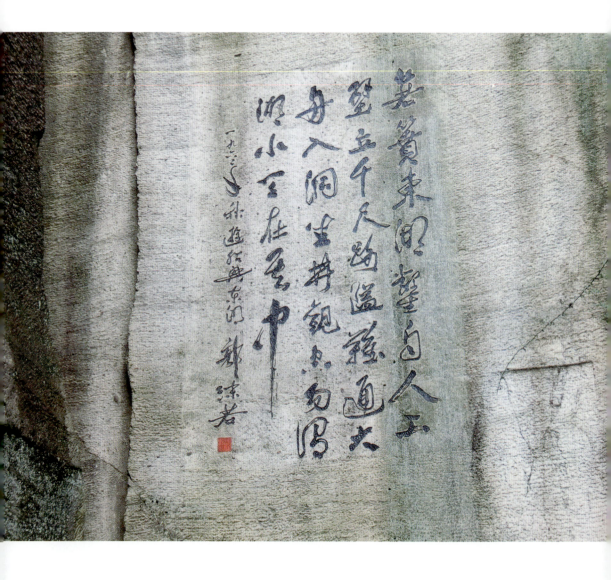

陶公洞崖壁上的郭沫若题诗

东湖景区的最后成形是在清末光绪年间。光绪二十二年（1896），当地著名学者、书法家陶浚宣在观察认定已具有成形的良好山水条件后，便耗资2400两白银在附近购地造景。在精心巧妙设计后，即筑堤围湖，植桃种柳，辟路建桥设亭，构造楼堂台阁，使作为别具一格的园林景观的东湖景区最后建成于光绪二十五年（1899）。东湖景区虽不浩瀚博大，也不具有水天一色的气势，但它在平凡中见真奇，小巧中透着灵气，普通中显示着高雅，因此自建成后便成了远近名人雅士汇聚的场所，有人称赞它"凿石出奇文"。当代名人学者也很迷恋并赞赏源自人工采石搬山而形成的东湖景区。郭沫若于1962年在游览东湖时便作诗赞赏东湖"凿自人工，壁立千尺。路隘难通。大舟入洞，坐井观天，勿谓湖小，天在其中"。此诗雕凿在诗文所在景区内的陶公洞的峭壁上。郭沫若先生题诗所涉陶公洞为景区内采石后所形成的一竖井式洞穴。从水面到洞口高五十余米，洞周围约20米。壁陡洞幽，森森然有奇趣，非乘舟船莫入。我乘舟进入过一次，庆幸能有所体验。郭氏之诗赞扬了人工采石劈山后所形成的崖壁之陡峭和岩洞之幽邃。这一能在洞底观天的幽邃之洞何以取名陶公洞呢？这得说起景区的建造者陶浚宣。陶氏乃东晋著名诗人陶渊明第45代孙。取此名正是为了纪念其先祖陶渊明。当然也有借先祖之名形象地表达洞之渊深而明，从洞底也可观天之意。

说到纪念，似乎还应提到一人——陶成章。陶浚宣在世时坚持反对清王朝专制统治的进步立场。除在东湖创办进步的东湖通艺学堂，还在曾任教于通艺学堂、为辛亥三侠之一的反清进步人士陶成章遇害后，在东湖景区内建立"陶社"，以纪念这位我国近代史上杰出的民主革命家。1916年8月，孙中山等一行人也曾来到陶社祭奠英烈陶成章，并题下"气壮山河"的匾额。

正因为千百年来历代采石工造就了东湖的奇，东湖的绝，历史上像孙中山、毛泽东和刘少奇等伟人都来过东湖访胜。1952年1月，刘少奇在绍兴视察工作期间来到东湖，对东湖胜景极为赞赏，对东湖刀切般的悬崖峭壁叹为观止，感叹地说："劳动人民的一刀一斧，丝毫不亚于大自然的鬼斧神工。"许多电影电视剧也都把东湖景区选为外景拍摄基地。如《西游记》《智取华山》《胭脂》《绍兴师爷》等都曾在东湖取景拍摄。有人作出如下的比喻是十分恰当的：如果说杭州的西湖是位柔情似水的姑娘，那绍兴的有着悬崖峭壁的东湖便是位很有阳刚之气的男子汉。

由上所述，我们可以看到，称得上人间罕见古迹胜景的柯岩景区和东湖景区的形成，是如何离不开千百年来前人的开山采石之活动的。应该说如此形成的既有奇山又有秀水的旅游景区，在人世间并不多见。

总之，古城绍兴能成为旅游胜地，值得人游，值得人爱，既因为它是一座典型的历史文化名城，历史街区也保存得十分完好，又因为它是一座山水相依，采石造景的江南水乡之都。而这山与水的浓浓相依，正折射出绍兴地区的先民们所具有的坚韧不拔、战天斗地、不畏艰难的令后人感佩与深爱的优良品质。

ANGKOR WAT

吴哥古迹

在我的旅行计划中早就有柬埔寨吴哥窟的名字，但实际上我的吴哥窟行要早于原先的安排。这同一位年轻旅友的建言有关。2010年6月在西班牙旅游期间，同行的一位青年问我有没有去过柬埔寨，我说还没有。他大概看我已上了年纪，便劝我应该早点去那里看看，并对我说："你看了吴哥窟后会感到很震撼的。"这位热心青年的一番话对我很起作用。几乎没经过多少考虑，我便决定回国后，尽快联系赴柬埔寨的事宜。结果一切顺利。当年在吴哥游最好的时节的11月，我便欣喜地踏上了吴哥的土地，在前后六天时间里饱览了吴哥的大量遗迹和文物。在观览的过程中，对眼前所看到的一切，我常常惊叹不已，确实感到很震撼，对之抱以深深的敬意和由衷的赞叹。

吴哥古迹地处柬埔寨的西北地区，位暹粒省境内，距首都金边240公里。古迹所在地，原先的吴哥城公元9世纪至15世纪曾是吴哥王朝的都城，在东南亚历史上也曾为最宏伟的都城之一。当今呈现在人们面前的吴哥古迹正是吴哥王朝处于鼎盛期，在12世纪前后时期所建。如今，虽然千年前的繁华与强盛已不再，但从极为壮观又极具艺术魅力的建筑遗存中，依旧可以想像千年前的吴哥王朝鼎盛时期的磅礴与辉煌。吴哥王朝从盛转衰发生在15世纪上半叶，1431年暹罗军队入侵后，吴哥城遭到严重破坏，王朝被迫迁都远离暹罗的南部城市金边。此后，吴哥被遗弃，逐渐淹没在丛林莽野之中。直到19世纪60年代一个叫亨利·穆奥的法国博物学家发现了吴哥遗迹，吴哥古迹才又重新逐渐回到当代人的视野中。

吴哥古迹数量众多，达数百处。主要包括吴哥王城和常被称为吴哥窟的吴哥寺。吴哥王城又称大吴哥，在原先占地十多平方公里的范围内分布着规模浩大的王宫、数量众多的寺庙、佛塔、城堡等建筑，但这一切在暹罗人入侵时已遭严重破坏，王宫甚至已完全不复存在。吴哥寺地处吴哥城郊外，因其占地面积比吴哥城小得多，而被称为小吴哥。虽如此，吴哥寺却是吴哥众多遗迹中建筑规模最大，保存最为完好，知名度最高，同时也是吴哥时代建筑艺术鼎盛时期的代表作。它创立于12世纪，为供奉印度教主神之一的毗湿奴神所建，13世纪后期变为佛教寺庙。

正由于上述情况，在不长的几天时间里，我们一行人面对众多的吴哥古迹，观览的重点便放

通向大殿的石阶

在了吴哥寺，在吴哥寺花去的时间足有大半日。

　　吴哥寺位于暹粒市以北约6公里处。占地长1.5公里，宽1.3公里，外围有护城河。主体建筑为一高出地面约20米，面积约1000平方米的大殿。大殿四周有数米宽，可供行走的有顶有墙的正方型回廊。正方型回廊的中央又有两条长廊呈十字交叉连结四周的长廊。这样一来，由廊道连结构成的大殿便呈现中文的田字型。田字型大殿回廊的每边及中央交叉的两条长廊各长约五十多米。在田字型大殿的中心立有一高65米的圆锥型佛塔，佛塔下有一石制佛像。大殿的四角则各立一稍矮，高度约四十多米，塔体也稍小的圆锥型佛塔。高出地面约20米的大殿同地面的进出通道为分布在大殿四面的石砌的台阶。不过大约每一个初来吴哥寺的人一见到这种台阶，心里立刻就有些紧张，甚至害怕。因为石阶不仅太陡，而且每一台阶也太窄，一只脚都放不下，只能放大半

只脚。如此状况，如何能安全地登上大殿呢？站在石阶前，当时我心里忽然产生了这样一种想法：如果要沿着这一石阶登上大殿，那可真要连登带爬才行。好在因为上下石阶时曾发生过游客伤亡事故，吴哥寺的管理方早已在大殿一面的石阶上搭建了一座能安全上下的木扶梯。

　　吴哥寺的构筑除了大殿，还有围着大殿四周的内外两道回廊。这两道回廊也都同大殿自身的回廊一样呈正方型。内回廊距大殿墙体约20米，每边长约100米。外回廊距内回廊约50米，每边长约200米。内外回廊也都自宽数米，也都有顶有墙。差异只在于内回廊四个角都有一个顶部较平，高约二十多米的佛塔，外回廊则无。其实，在吴哥寺进出口的正面部分的内外回廊之间，也有一由长廊构成的田字型殿堂，面积相当于主体大殿的大小，只是塔的数量只有三个，安置在处于进出口位置的外回廊上。

吴哥寺的大致平面图如下：

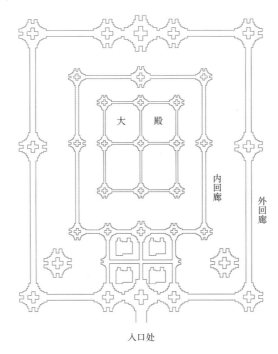

大　殿

内回廊

外回廊

入口处

纵观吴哥寺的建筑布局，可以看到它不仅占地面积大，建筑体量大，而且总体布局很讲究对称，特别是高出地面20米的主殿，以其65米高的中央佛塔为中心的五座佛塔的设置，使整个吴哥寺显得十分雄伟壮观。另外，它的大殿高高在上，以及石阶险峻而陡峭的设计，也有其宗教上的示意：让信徒通过艰难的攀爬体会到通向天堂之路的艰辛与不易。

吴哥寺的雄伟壮观不仅来自它的结构上的设计，也特别离不开它的建筑所使用的材质和高超的建筑技艺。参观完全寺以后，我心中不免产生吴哥寺是石头城的想法。寺内的所有部分，包括大殿、佛塔和廊道所用材料全为不同大小、不同形状的石块。不仅墙和柱为石块所造，屋顶的铺设也全用石块。而且在使用甚至重达8吨的大石块进行砌筑和铺设时，工匠们也并未使用灰浆或其他任何黏合剂，仅靠石块的重量和加工后形状

的吻合，便将它们叠合得十分妥帖和完美。16世纪一名葡萄牙传教士在看过吴哥寺之后曾说过，这座寺庙结构无法用纸笔记录，它的寺塔是世界上独一无二的建筑，所有这些都集中了人类最伟大的天才和智慧。

其实，吴哥寺的建造不仅体现了古代柬埔寨人的巨大创造力和聪明才智，也体现了他们具有极强的坚韧不拔的精神和毅力。须知，吴哥古迹分布在平原地区，周围并无山体可供石材的开采。吴哥寺，还有其他吴哥地区的众多也全用石块叠砌的古迹，所用巨量的石材，全要靠从数十公里，甚至上百公里外的大山中开采和搬运过来。这在交通道路状况不佳、运输主要靠大象搬运的时代，可是困难重重的事情。在这方面，古代埃及金字塔的建造条件就好得多，因为其建造所用大量石块基本上无需从远方运来，只要就地从沙漠下面开采即可。

在艰难的时代条件下建造完成，又在长年战乱的时间岁月里，幸免得以完好保存的吴哥寺之所以举世闻名，不仅在于它的建筑结构雄伟壮观，也在于这一建筑同时又是一座艺术精品，整体散发着极度迷人的艺术魅力。进入寺内，人们便可看到它的各部分，不论是佛塔，还是廊道，甚至是台阶，其外表很少有简单的平面或直线，而多是各种各样很有艺术性的、婉约的、看似不规则的形状和曲线。进入三道长长的回廊和长廊，人们看到的更是丰富多彩、精美至极的浮雕。这些浮雕出现在廊道的墙壁、廊柱、窗楣、基石和栏杆之上，内容多为印度的史诗故事、战争场面、国王出巡及人民的日常生活。最吸引游人眼球的或许是整墙的仙女浮雕。浮雕中的仙女呈现舞蹈形态，个个面带微笑，头戴花饰，端庄秀丽。

说到吴哥寺的浮雕，尚需指出一点：它不但精美，而且面积巨大，所涉人物众多。寺内廊道的总长度超过1000米。在如此之长的廊道的墙壁、廊柱等地方都分布着以人物为中心的浮雕。虽然浮雕的总面积和人物数量不详，但可猜想，如果有统计数据的话，那数量一定很惊人。正因为浮雕面积大，人物多，所蕴含的内容丰富，观赏也就得花很长时间。以外回廊为例，墙上的浮雕描绘的主要是印度古代叙事诗的内容。场面之大，人物之多，令人叹为观止。据导游说，如果一个个画面细细讲解，恐怕一天时间都讲不完。当然世界上也有很多宗教场所或古迹拥有很丰富的浮雕，不过在我看来，在上面提到的两方面的数字上恐怕不会有谁能超过吴哥寺。而吴哥寺的浮雕在面积和人物数量上能称雄于世界，正因为它拥有世上罕见的超长的可用来制作精美浮雕的廊道。

是否可以这样说：吴哥寺超长廊道的设计既是它的整体建筑结构的需要，也是为了给大规模展现古代柬埔寨人民精湛的雕刻艺术，提供一个绝佳的场所。

令柬埔寨人民，也令全人类庆幸得以完整保存下来的吴哥寺，正以其在建筑结构与雕塑艺术上的完美结合，成为吴哥古迹，乃至整个柬埔寨国家的象征，并出现在柬埔寨王国的国旗上。而人们所说的吴哥窟也已不再单指吴哥寺，还包含对吴哥古迹群统称的含义。当然，既然来到了柬埔寨，来到了吴哥，那谁也不会满足于只游览和观赏吴哥寺，还会尽可能多地去别的古迹处看看。实际上，吴哥寺以外的其他吴哥古迹也同样是很值得观赏的。正由于此，1992年联合国教科文组织世界遗产委员会把整个吴哥古迹，而非单个吴哥寺列为世界文化遗产。

吴哥寺的精美浮雕

我所参观的其他一些吴哥古迹中，有两处最让我难忘：

一处是巴戎寺。这是原吴哥城里的一中心寺庙。初看寺里好像是杂乱无章地堆砌了许多石头，其实这些石头组成了寺庙里54座大大小小的石塔。而且十多米高的每座石塔的上端四面都雕刻有数米高的人面像。这两百多具人面浮雕虽然有的已有些损毁，但总体看上去显得很端庄、安详，嘴角之间还流露出慈祥的微笑。有人把这些微笑称为"高棉的微笑"。因为整个寺庙有众多微笑的人面浮雕，因此身处巴戎寺，便好似总处在微笑的目光注视中，让人觉得很温馨。

另一处是班蒂斯蕾寺。该寺又被称为"女王宫"，建于10世纪，距今已达千年。在这座并不高大的赭褐色沙岩石砌成的寺庙遗迹中，人们可看到刻在石块上的精美浮雕，刀工流畅细腻，造型繁复圆润，线条纤巧柔美，色彩鲜艳妩媚，在所有吴哥浮雕中应是首屈一指，被誉为"吴哥艺术之钻"。

巴戎寺入口处

　　此外，塔布隆寺和崩密列寺两处遗迹也给我留下了深刻印象。在毁损严重的塔布隆寺遗址，人们看到荒芜达数百年之久的古老建筑"被自然"的奇妙景观：树龄达百年以上的古树缠绕着千年古刹，甚至直接导致了古刹的崩塌。这既展现了大自然的勃勃生机，也显示着古文明的无情败落。在崩密列寺遗址也可看到吴哥古迹遭受严重毁损的状况：展现在人们眼前的只是一片残垣断壁，而无一处完整的遗存。据导游介绍，崩密列寺的严重毁损，除了自然的原因和年久失修外，也同发生于20世纪后半期前后长达二三十年的柬埔寨内战导致的破坏有关。但不管是自然的原因造成的损毁，还是人为的原因造成的破坏，来过吴哥窟，同吴哥窟有过亲密接触的游人，无不期盼着古迹能尽可能快地得到修复，使它们重现昔日的辉煌。不过短时期内这可能只是一个美好的愿望。严重毁损的吴哥古迹的修复不仅难在缺少当年建筑时的图纸或资料，而且缺少资金。据导游介绍，当前柬埔寨的经济发展还很落后，特别是经过20世纪后半期的长期内战，国库空虚，国家根本无力拿出钱来修复吴哥古迹。导游说的话我完全同意。

天灾人祸使崩密列寺严重毁损

"吴哥艺术之钻"——班蒂斯蕾寺

在柬期间，我们除了参观古迹，还对柬埔寨的城乡状况作了一些观察和了解。在我们活动的暹粒省地区，大概由于旅游业的推动作用，暹粒市的商业市场比较繁荣，但农村地区的贫穷和落后状况就很让人有些不安。由于地处热带地区，气候潮湿，又易遭水灾，农民住的都是高脚屋。虽然其中的一些样式好看，用料也讲究，但大多数都较简陋，全用薄薄的板料搭建，有的还用草料铺设屋顶。在高脚屋周围活动的妇女和儿童多数都赤着脚，或随便坐在泥地上。另外，我们看到柬埔寨的城乡交通状况也很令人担心。大约因

公共交通设施严重不足，暹粒市内满街见到的都是助动车，而且一部车上往往坐上全家三四口，甚至四五口人。在农村地区的公路上，更是常见一些改装的简易轿车上挤站着二三十人。如发生交通事故，后果真是不堪设想。当然在一些景点，也常有一些拖儿带女的乞讨者盯着游人要钱要物。

尽管当今的柬埔寨同历史上曾经十分辉煌的柬埔寨相比，反差很大，但我相信，同中国友好相邻的柬埔寨人民在中国人民和国际社会的真诚帮助下，发扬先人的优良传统，一定能在不太长的时间内把自己的国家建设好。

中午时段暹粒市容

上：猜猜看一辆改装的小车上站立着多少人

中：暹粒市郊农村景像

下：水上人家的小男孩耍蛇供游客拍照，以索要小费

LAOS

老挝奇观

湄公河上多见浅底木质船

老挝境内的湄公河多险滩，这对水上交通运输的发展很不利

或许主要由于交通不便和旅游设施不够完善等方面的原因,多年来和我国云南省相邻的老挝并未引起我国旅游界足够的重视。在报纸上我也未看到过哪家旅行社开设前往老挝的旅游信息。但2014年1月我却有幸参加一家旅行社"独家首创",从我国云南省西双版纳出发前往老挝、泰国和缅甸的旅游活动。这次旅游给我印象最深的是在老挝的所见所闻。

在老挝的旅游行程始于其国土西部同泰国接壤的小城会晒。然后从会晒沿湄公河乘船向东驶往千年古都琅勃拉邦。为了能在天黑前到达目的地,凌晨三点我们乘坐的能容纳近40人的浅底木质机动船,便开始了航程。

上船后,大家原来都静静地等候看日出,可后来却越坐越冷,不得不从行李箱里把原来在上海穿的过冬衣服翻出来重新穿上。众人还真想不到,大体同我国海南省处于同一纬度的老挝在一月份会这么冷。据船员介绍,每年一月上中旬,北方强冷空气也会吹到常年较为温暖的老挝来。重新穿上冬衣看过日出后,随着天色渐渐放亮,人们开始观赏湄公河两岸的景色。从会晒至琅勃拉邦的这段湄公河长四百多公里。两岸为长着茂密森林的山地。整条河像是在峡谷中穿行。或许是由于暗礁、险滩太多,在十余小时的航行中,所见的多为吃水不深、载重量不大的木质浅底船。除了看船,在河上看得最多的是在大大小小的礁石上架设的众多钩鱼杆。这种景像在别处似乎没有见过。旅友们对此既感新奇,又很诧异。向船员一打听才知底里:原来流经会晒至琅勃拉邦的一段湄公的许多河段因暗礁多,当地渔民无法撒网捕鱼,便只好用垂钩的方式捉鱼。

在湄公河上见到的另一个引起众人兴趣的景象是:河两岸的坡地上停着不少装运河沙的汽车。看得出,穿行在峡谷中的老挝镜内的湄公河河沙资源很丰富,但或许由于河道里多暗礁险滩,货船航行困难,才不得已用运输成本高出船运的汽车运输河沙。

傍晚时分到达琅勃拉邦后，回想起一路所见所闻，我心中顿生感慨：如果老挝的社会经济有足够的发展，政府拿得出钱财彻底整治湄公河的河道，也许就不会有今天我们所看到的各种奇观。

　　在老挝的游览活动主要集中在琅勃拉邦。这座在一千多年的漫长时间里一直作为昔日王国都城的城市，拥有富丽的旧王宫，更有众多佛教寺庙和佛塔。其中有四百多年历史的香通寺为其最重要的佛教建筑。它外型宏伟，主殿正面的墙和梁柱黑底金饰，精致美观。背后的墙面是整幅"生命之树"的彩石镶嵌画。

　　琅勃拉邦精美的佛教建筑让我很开眼界，而在天晨观观看"僧侣化缘"，又让我终生难忘。这天天未亮我们一行人便步行半个小时，前往世界著名的天晨观，观看闻名于世的"僧侣化缘"。夜色朦胧中听不到任何声音，只见在一百多米长的人行道上，跪坐着上百名施舍者，依序向穿黄色袈裟、手捧钵盆、赤足排队走过来的僧人施舍各种食品，包括米饭、饼干、各种水果，甚至还有巧克力。接受施舍的僧人低头行走以表谢意。据说僧人每次所得施舍之食品除供自己食用外，还会分出一部分给来寺庙求食的穷苦之人。琅勃拉邦僧侣化缘活动千百年来未曾中断过。现场观看这一慈善活动，很让人感受到千年古都市民对宗教的虔诚和热爱。

香通寺

琅勃拉邦僧侣化缘活动千百年来未曾中断过。现场观看这一慈善活动，很让人感受到千年古都市民对宗教的虔诚和热爱。

僧侣化缘

在老挝最让我兴奋的，莫过于游览距琅勃拉邦数十公里外的达关西瀑布。瀑布位于密林之中，高约200米，从山顶直泻而下，水量丰沛，相当壮观。游人走进雨雾缭绕的瀑布跟前，呼吸着水洗过的清新空气，看着眼前一片美景，真的如同进入仙境。多年来游走各地，见过的各类瀑布为数不算少，不过像老挝的藏于密林中的达关西这样的瀑布还真少见。其特点是：大量水流从密林深处的高山上直泻而下，在流经的三四百米的距离内，经过有落差的几个平台，前后又形成

玩水者的天堂

数个面积数十平方米至上百平方米的深潭。达关西瀑布的最大亮点就在这几个隐藏在密林深处的深潭。在别处所见瀑布下泄后形成的深潭一般只有一个，而达关西瀑布下泄后却分级形成了数个清澈见底的深潭。这些绿宝石状的深潭不仅夺人眼球，吸引游人长时间驻足观看，还能接纳游泳爱好者。不仅如此，因潭深达数米，跳水爱好者也可飞身跃入潭中。那天戏水者主要为来自欧美的男女青年。看着年轻人在潭中玩水，我是够羡慕的。不过在达关西观景时，我个人却也有一个

意外的收获：一边观景，一边竟想到了同样也以秀美的水景出名的我国的九寨沟和黄龙两个风景区。原来，达关西瀑布飞泻下来的水，特别是注入深潭后，虽然极度清澈，但大约因含有大量矿物质，特别是钙质，并不呈单纯的碧绿状，而是呈粉绿色。这同九寨沟和黄龙的水色很相似。为此在达西关观景时，我便很自然地联想到九寨沟和黄龙。只是作为景区的九寨沟和黄龙的占地面积比达关西瀑布区大得多。一个显得大气，一个则小巧玲珑。

结束在达关西瀑布的游玩后，第二天清晨，我们一行便乘大巴返回西双版纳首府景洪。尽管头天晚上领队关照大家明天的行程长（四百多公里），路况也差，要大家做好路上"比较辛苦"的思想准备，但十多个小时的行程还是让不少人，特别是坐在最后几排座位上的旅友感到疲惫不堪。原因自然是路况差，坑坑洼洼太多，大巴颠簸得太厉害。不过在行车途中窗外的景象倒也大大缓解了大家的不满情绪。离开琅勃拉邦后，向窗外望去，但见公路两侧有很多简易的砖木结构房，也有不少低矮的茅草房，其中有的年久失修，显得很破旧。大约正值农闲季节，不少无事可做的村民聚集在道路两旁闲聊或观景。而其中的一些人虽然衣冠不整，却脸上戴着口罩。这也许是包括我本人在内的许多人不曾想到的。不过，一辆又一辆汽车开过后，在路的上方和两侧一阵又一阵扬起的浓浓土尘让我们明白了事情的究竟。过去在城市里只知道戴口罩是为了防病，近几年则又知道戴口罩能防雾霾。而这次老挝行又给我们一行人上了一课：在落后地区，交通繁忙，道路状况差，车辆的通行总会扬起浓浓土尘，即使是住着茅草屋的村民，为了自身的健康，也只能花钱买口罩戴。同住茅草屋的老挝村民成年累月受着恶劣的交通道路状况的危害相比较，车上的旅友们自然不会再计较返程路上的劳顿之苦。

INDIA

印度的魅力

孟买的一群小学生

印度是世界四大文明古国之一，又是我们的近邻，还是当今南亚地区很有影响力的国家之一和世界人口大国。去印度旅游，这是早就有的念头。可多年来却迟迟未能成行。究其原因：印度脏、乱、差。持这种看法的不仅有周围的亲朋好友，甚至也包括部分旅行社的工作人员。在他们看来，印度固然拥有古老的文明，但城市环境脏、乱、差，实在不宜去。还有好心人对我说，如果你要去，去之前可不要忘了打预防针。一时间，周围人的看法和意见对劝阻我产生了作用。但最终我还是决定要去一趟印度，不然实在是心有不甘。

2014年12月参团赴印度的九天时间里亲眼目睹的一切，及回沪后对在印所见所闻的思考，使我觉得此番印度行收获是很大的，既观览了现今保存完好的古代印度留存下来的大量很有价值的文物古迹，又对当今人们议论纷纷的所谓印度城市环境"脏、乱、差"的问题，自觉有了亲身的感受和些许的发言权。

牛散养在街头

泰姬陵

印度行

　　印度行的第一站是首都新德里。在新德里主要是坐大巴观光市容，并下车外观总统府和议会大楼这两座欧式建筑，还游览了作为新德里标志性建筑的印度战士纪念碑（又称"印度门"）。后乘大巴南下，来到二百多公里外的拉贾斯坦邦首府斋浦尔。之后乘大巴向东来到大约也为二百多公里外的阿格拉。这条看似呈三角形的旅游线路在印度旅游界被称为"金三角"线路。如此称谓，自然是由于这条线路的含金量很高。不仅路程相对较短，而且集中了大量的很有价值的文物古迹，其中不乏许多著名的文化遗产。在众多文物古迹中，最引起人们兴趣和爱意的，是身为世界七大建筑奇迹之一的位于阿格拉近郊的泰姬陵。这是一座伊斯兰教风格的建筑，是莫卧儿帝国皇帝沙贾汗为其爱妃蒙泰姬建造的陵寝。前后费时达22年（1632—1654）建成。陵寝规模宏大，占地17万平方米，东西长576米。其内外墙壁全用白色大理石砌成，并镶嵌五彩宝石，在阳光照射下熠熠生辉。巨大的墓室上方覆盖着一个直径约18米的圆形穹窿。墓室外的四角则建有四座高41米的雄伟尖塔，好似四个高大卫兵护卫着墓室。历经三百余年，整座建筑仍保存完好，没有陈旧的迹象，堪称世上罕见的极为富丽堂皇的建筑瑰宝。或许正是由于泰姬陵在印度的所有旅游景点中旅游价值最高，它吸引前来观光的游客也特别多。

　　另外，距泰姬陵不远处的阿格拉城堡也是一
大旅游热点。这座建造于16世纪的城堡全部采用
当地产的红砂岩石建筑，红色外表极为醒目，故
又称红堡。城堡雄伟壮观，城内的宫殿画梁和墙
壁上精致的雕刻与图案设计，至今仍隐约显示着
昔日富丽堂皇的风貌。堡内有著名的"谒见之厅"，
是莫卧儿王朝帝王接见大臣、使节的地方。还有
一座令游人很感兴趣的八角形的石塔小楼。登临
塔顶，可以远观泰姬陵。据说当年为其爱妃建造
泰姬陵的沙贾汗后来被其子幽禁在这座古堡时，
就经常默默地坐在小楼中，怀着无限的思念之情
眺望着不远处的泰姬陵。
　　阿格拉城堡为印度伊斯兰建筑艺术顶峰时期
的代表作。1983年被列入世界文化遗产名录。

阿格拉城堡

离开新德里乘大巴来到斋浦尔时，我们一行人很快被当地的景色吸引住了。斋浦尔市内街道的建筑也多采用当地盛产的红砂岩石建造。外墙无需粉饰便显得光彩夺目，因此又被称为"粉红之城"。在城中我们看到的最漂亮的一幢建筑名为"风之宫殿"，建于18世纪。其特征是窗子很多。不多几层的房子共有造型别致、富有艺术感的窗子953扇。这在数百年前建造的房屋中，是很罕见的。在斋浦尔我们重点参观了著名的城市宫殿博物馆。馆内藏有珍贵的双轮战车，装着印度恒河圣水的年代久远的水瓮，历史上各朝代的服饰、乐器和日常生活中使用的各种器皿等物品。这对了解和认识过往的印度社会是很有帮助的。

风之宫殿

在现场一片肃穆的气氛中，听着对恒河女神所作祈祷，心灵似乎也得到了净化。

印度教的圣火崇拜仪式

"金三角"的游览观光项目多，因此费时也
最多，前后超出四天。原计划游完"金三角"后
乘夜火车前往东南向，处恒河中下游地区的瓦拉
纳西，因火车严重晚点，只好改坐大巴长驱前往。
瓦拉纳西是印度的又一著名历史古城，有五千多
年的历史。无论在印度教徒还是佛教徒心中，都
是一处圣地。这里不仅有享誉世界的文化遗产：
释迦牟尼第一次布道传授佛法的鹿野苑，而且也
是信徒占印度国内百分之八十人口的印度教，常
年在恒河岸边举行圣火崇拜仪式的地方。

　　在瓦拉纳西我们最先参观的是鹿野苑。位于
城市北郊8公里处的鹿野苑是世界上最早的一处
佛教圣地。佛祖释迦牟尼在距此200公里处的菩
提迦耶觉悟成道后，最先来到鹿野苑首次布道传
授佛法，并收留了首批五名门徒。当年玄奘西天
取经就到过鹿野苑。这一史实在其口述所著《大
唐西域记》中有详细记载。在鹿野苑我们参观了
佛陀初次讲法原址。在一棵巨大的菩提树下，有
一座高出地面半米、二十多平方米大小的圆形讲
坛，上面端坐着佛陀及其首批五名弟子的塑像。
讲坛前一块石碑，用印度文和英文描述了当时的
场景。讲坛两侧是一排新建的转经轮，不断有信
徒前来转经和跪拜。鹿野苑东侧有一座高42米、
直径28米的双层圆锥形的名为达美克塔的高大建
筑物。该塔为鹿野苑的标志性建筑。塔身刻有公
元4至6世纪笈多王朝时期的精美图案。据记载，
塔内存有许多佛教创立早期的珍贵文物，包括佛
陀舍利。此外，建于1910年的鹿野苑考古博物馆
有三百多件佛宝真品。其中以石雕和绘画为主，
很值得一看。不过佛教虽起源于印度，但随着印
度教的逐渐兴盛，后来佛教在印度的影响力便日
渐衰微。目前全国仅有百分之五的人信奉佛教。

离开鹿野苑，我们便急着前往恒河岸边。发源于喜马拉雅山脉、全长逾2700公里的恒河是印度的母亲河。在印度教徒眼中，恒河是崇高吉祥之地。人的一生至少要在恒河沐浴净身一次，才能洗去身上的罪孽。同时教徒也最期望人生终结在最圣洁的恒河岸边，在将遗体火化后，骨灰直接撒入恒河。在他们看来，如此便能在死后直接进入天堂。我们一行人在瓦拉纳西游览的大小景点也不算少，但最感兴趣，也是最好奇的，是在恒河岸边所经历所看到的一切。我们看到大批虔诚的印度教徒，无论男女老少，白天黑夜在恒河沐浴。这天气温偏低，有人在冰凉的水中似乎有些微微颤抖，但却不愿离开。男人赤膊只穿短裤，女人披戴五颜六色的长纱巾，不断地拍击水面，或面向大河，双手合十，喃喃自语。我还看到有的老年妇女一头钻进水里，花白长发与纱巾、纱衣纠缠在一起，然后抬起头来，脸上露出微笑，似乎河水已经冲洗掉藏在灵魂深处的污浊。离沐浴人群不远的地方，岸边堆放着一堆堆的干柴。这是对遗体进行火化的场所。到了晚上约七点光景，天全暗下来之后，热烈而庄重的敬神仪式便开始了。只见在独具风情、节奏明快的鼓乐声中，七位印度教的最高等级的婆罗门神职人员舞动着手中的神器和火把同时进入现场，以整齐划一的优美姿态吟诵哼唱着古老的恒河圣音，敬神祈福。圣火崇拜仪式前后约1小时，参加者约万人。据说千百年来这一活动每天都按时举行。我虽只观摩一次，但心中却颇有感触，在现场一片肃穆的气氛中，听着对恒河女神所作祈祷，心灵似乎也得到了净化。

恒河沐浴

印度游的最后一站是孟买。孟买处印度西部的阿拉伯海岸，是印度第一大城市和最大的港口城市，也是印度的工商业和金融中心。作为长期被英国占领的重要的殖民地城市，孟买现存众多殖民地遗迹和可观赏的欧式建筑。如为纪念英国国王乔治五世在此登陆，于20世纪初建造了雄伟的印度门；1887年由英国人设计的至今仍为印度最繁忙火车站的维多利亚火车站建成，整个建筑布满了石雕，宏大而精美，具有很强的观赏性。该火车站以维多利亚命名，是为了纪念英国维多利亚女王即位50周年。另外，于20世纪初建成、带有印度伊斯兰教风格，被誉为"象征印度的自尊和财富的印度最佳酒店"——泰姬玛哈皇宫酒店，也是人们游览孟买的必到之地。酒店的建造者为当代著名的印度塔塔集团创始人贾姆谢特吉·塔塔。泰姬玛哈是阿拉伯语，意为"放置王冠的地方"。

在孟买我们还乘船前往位于阿拉伯海的神象岛，参观了作为世界文化遗产的古人开凿的石窟。石窟开凿于公元6至8世纪，共有七座。其中最有名的是至今保存尚好的湿婆神庙石窟。洞状的石窟有数米高。面积约两个篮球场大。石窟洞口有四根石柱相撑，拱形的洞内却无一柱石。洞内有许多石刻。石刻以印度教三大神之一的湿婆为题材，刻画了有关湿婆的种种传说和古代印度人民的生活情景。神象岛石窟的石雕造型生动，技艺高超，为印度教石刻艺术的杰出代表。早在1987年神象岛的石窟便被列为世界文化遗产。

从神象岛返回后，我们参观了位于孟买市中心区的一座圣雄甘地纪念馆。该馆原为甘地长期生活和工作的地方。展厅将与甘地生平有关的28个重要事件制作成28个微缩实景造型，十分生动，形象地描绘了至今令全印度人引以为豪的甘地的传奇一生，让人过目难忘。

返沪前，在孟买机场候机大厅等候登机的空闲时间，我和几位旅友随意聊起了此次印度行的感想和体会。大家在充分肯定此次印度行的主要收获，即饱览了大量很能体现印度悠久历史发展的珍贵文物古迹，并浏览了许多城市的街景市容后，也较多地谈到了对多日来亲眼目睹的印度当下城市环境和社会状况的观感。其实，平时在交谈中，我们也总会涉及这方面的话题，而且观点也较为一致。大家认为，像首都新德里和孟买等一些大城市的中心城区及一些著名的旅游景点，环境还是较为整洁的，但在主城区以外的地方，及其他一些中小城市的市容市貌就不那么令人满意，甚至可以说就是属于脏、乱、差。

孟买的维多利亚火车站

印
度
城
市
环
境

在旅友们对问题所作议论的基础上，下面我想梳理一下印度城市环境脏、乱、差的表现，并试着探寻一下问题存在的根源。

在印度旅游，由视觉产生的"脏"的感觉最令人印象深刻。因为不论你走在街上，还是坐在大巴上，地上散布的各种各样的垃圾，总躲不过你的视线。这中间有日常生活垃圾、有废弃的各种纸张、包装盒和塑料制品，还有人畜粪便等。在有的地方，因为缺少集中存放垃圾的设施，垃圾完全露天堆放在街上，那就更显得脏。有时在一些地方也会看到有少量的清洁工在打扫，但或许因为人员太少，因此根本无法改变大街小巷脏的状况。

需要指出的是，印度城市的脏也并非完全起因于人为的乱丢垃圾，以及清扫人员太少和处置垃圾的设施严重不足，而还在于：人们在传统宗教观念支配下，把一些动物和家畜视之为神物，而放任不管或完全散养在街市上。如在一些城市的大街小巷常常可以看到有黄牛和奶牛缓步行走在街头或者垃圾堆旁觅食。它们的所到之处自然会留下不少似乎不会被人及时加以清除的排泄物。

另外，印度城市的"脏"还同两种情况相关联。其一，街市上厕所太少；其二，街头乞讨者和夜晚露宿街头的流浪者太多。由于公用厕所太少，甚至没有，行人在内急时寻觅不到，便只好设法找一处略显隐蔽的墙角或无人处就地解决问题，而不会想到脏与不脏的公德标准和环保要求。英国非营利机构水援助组织在2015年11月发布的一份报告显示，印度是全球卫生条件最为恶劣的国家之一，平均每平方公里就有173人露天便溺，为全球最高（据新华社2015年12月17日电）。就连印度中央政府的农村发展部部长贾伊拉姆·拉梅什也承认印度城市公厕太少所带来的严重后果。他坦言，当今印度已经成为全球"随地大小便之都"（见2015年2月10日上海《东方早报》所载《印度的厕所》一文）。关于印度的乞讨者和露宿街头的流浪者，据随团印籍导游称，其数量大约要占印度城市人口的十分之一。想想看，上述两类人数量如此之多，被他们抛撒在城市街市上的各类污秽之物也自然不会少。

上：新德里老城区的一条街道

中：斋浦尔街头车子乱停，摊子乱摆

下：穿着拖地长裙从事繁重体力劳动的印度妇女

印度城市的"脏"不只让外来旅游者在视觉上难以忍受，就是政府当局有时也会感到头痛和不爽。因为为了顾全面子，每当有重要国宾来访，政府都不得不组织大批人力物力，对相关区域和环境进行清扫。如2015年1月，为了以整洁面貌迎接美国总统奥巴马任内第二次访印，政府当局就曾下令组织大批人员，从首都新德里到奥巴马将要去的著名景点泰姬陵，总统车队将到之处，全面展开大扫除。

印度城市街市上的"乱"主要体现在道路上运行的各种车辆常常无序穿行。来到印度我们就发现，道路上各种机动车和非机动车数量众多，但不守规则，驾车胡乱穿行者也多。就机动车而言，许多都是经过改装的。主要是将摩托车改装为载人的，车身颜色为上黄下绿的三轮出租车。这种出租车不仅在中小城市，就是在首都新德里都被当作出租车的主要车型。由于车身小，机动性强，它们很易于在马路上胡乱穿行。不过，在印度的城市道路上最疯狂穿行的还不是这种车，而是人力踏的、供两人乘坐的人力出租车。由于车辆多，道路又实在太过狭窄，别说大巴，就是三轮出租车也无法行驶。在去恒河河边观看祭神活动的最后一段路上，我们一行人便有幸坐过这种人力车。回想当时乘坐的情景，至今都有些后怕。踏车者像参加比赛似的，速度特快。为了超越前面的车，还常常行驶S型的线路。不管如何，因车速快，车辆又多，同其他车辆发生碰撞的可能性都是很大的。我们一行人身临其境，感受到这种危险，虽然无法叫踏车者踏得慢一些，但都不约而同地把手臂放在身前，不敢放在车外，以避免可能发生的伤害。

印度城市道路乱象的发生同道路状况有关，也同交通管理不善有关。我们看到原本就显得较为狭窄的许多路面并没有规定车辆行驶线路的分界线，也没有供人行走的人行道和斑马线。如此一来，各种车辆和行人都挤在同一条路面上，自然便会出现无序的局面。

印度城市交通管理不善还表现在十字路口红绿灯的设置和交通警察的值勤上。我们注意到，不少十字路口也设置有红绿灯，甚至有执勤的警察，但没有红绿灯、没有警察值勤的地方也不少。而且，就是在有红绿灯、有警察的地方，驾车者和行人不按信号行事者也不少，而警察则往往熟视无睹，不予干涉。

除上面谈到的情形，印度城市的"乱"还有三方面的表现：车子乱停、摊子乱摆、牛猴乱窜。

车子乱停一事似乎较为简单。在我的印象里，印度的许多城市专门规定用来停放各种车辆的地方不多。驾车者只要认为有地方可停车，不管是人行道，还是马路上，他都可以把车子停放在那里。

关于摊子乱摆，事先有必要先说一下整个印度的商业状况。在前后七八天的游览期间，我们一行人在印度的一些大中小城市很少看到大型商业设施，更没有看到过一家超市。这不免让我们有些纳闷。一问导游才知道，印度政府不允许境外包括超市一类的大型商业机构入境，而国内也很少有人开办大型商场。如此一来，在一个人口超过12亿的大国，人们在商业方面的需求便在很大程度上依赖于遍布全国各地的数千万小商业经营者。这些经营者中自然有不少人有固定的门面，但多数人采取的是流动的摆摊子的方式做买卖。这种方式虽然为数以千万计的生活在社会底层的穷人提供了从事低成本的商业活动以养家糊口的机会，却同时又会造成摊头泛滥、到处乱摆的景象。在新德里、孟买等少数大城市的中心城区以外的地方，只要有街市、有人流的地方，总可以看到有众多的人摆摊子做生意。他们要么把出售的商品摊放在地上卖，要么放在装有四个轮子、便于移动的手推车上卖。在新德里旧城区的一条马路上，我们便看到在数百米长的人行道和一部分马路上，绵延不断地摆满了出售各种服装和其他物品的地摊。

关于牛猴乱窜，前面在说到"脏"的问题时，已提到在印度牛可散养在大街小巷。其实除了牛，在印度的许多地方，特别是一些庙宇景点，散养的猴子也不少。这些被看作神物的动物的散养不仅污染了环境，而且也对交通和行人的安全构成了隐患。在阿格拉，有一次正当我们一行人在导游的带领下前往一个位于古老小巷深处的印度教寺庙参观时，便突然遭遇到躲藏在两边屋顶上的猴群的袭击。有两位旅友的眼镜几乎在同一瞬间被两只猴子以飞快的速度摘走。后经当地人指点，导游买了一些食品掷到猴群所在的屋顶上，方才从猴群处换回两副已受损的眼镜。好在两位旅友只是受了点惊吓，没被抓伤。当然这件事的发生也让大伙长了点见识。事先谁也不曾想到猴子有那么高的智力水平，居然能在不伤害人的情况下，巧妙地摘走眼镜，又懂得用于己无用的眼镜去同人类交换自己需要的食物。

最后说说印度城市的"差"。其实在谈了它们的"脏"和"乱"之后，不用再说什么，也便可得出肯定无疑的结论。不过印度城市的"差"除了体现在"脏"和"乱"两方面，也还体现在别的一些方面。其中我觉得最令人关注的是下列两方面：一方面是城市的基础设施过于落后；另一方面是城区的贫民窟式的破旧简易住房太多。

关于城市的基础设施问题，前面在谈到"乱"字时也已涉及，主要是道路过于陈旧和狭窄，以致严重影响车辆和行人的安全出行和交通的畅通。就连首都新德里也不例外。按原先已定下的线路，我们在新德里除了观光带有欧洲风情的诸如总统府和国会大楼等较为气派的建筑物，还要去旧城区（亦称旧德里）浏览一些古老的印度教的寺庙和伊斯兰教的清真寺。可是印籍导游后来却以时间不够为由，临时取消了旧城区的行程。我们自然不答应。经过一番激烈的争辩后，理亏的导游作了让步，叫司机把车开往旧城区。可是车进旧城区后，很快便遇到了尴尬的局面：由于路面狭窄，行人和各种车辆又多，我们的坐车如蜗牛般爬行，根本无法到达景点。在僵持了一段时间后，便只好无奈地撤离旧城区。其实，如前面已提到过的，在阿拉纳西，我们一行在去恒河河边观看印度教的圣火崇拜仪式的途中被迫改坐人力车，也同样是由于道路状况的不佳。

印度的城市道路状况的不佳，不仅体现在众多的道路太过狭窄，还体现在不少的道路人车混行，而没有单独的人行道。前面在谈到"乱"象时，对此已有所提及。

最后再说一下印度的城市道路在设施上存在的另一大缺陷：不少道路的下水道是明的，而不是设置在道路下面的。设置明的而不是暗的下水道，这固然省钱，但这不仅对人、车通行不利，也必然会加重对周围环境的污染。想想看，经过很脏的路面流入道路两旁下水道的水自然也是很脏的，颜色是黑的。这种黑色的裸露在外的脏水又会不断接纳着落入其中的各种垃圾。这样一来，呈现在人们面前的下水道也就只能是一条条的上面有着不少漂浮物的臭水沟。这种情况愈到近郊、愈到同农村相连的小市镇就愈严重。

上：一只猴子完成眼镜同食物的交换，另一只尚未完成，手里还紧紧抓住眼镜不放

下：景点入口处的乞讨者

　　下面说说城区破旧简易住房太多的问题。作为过往的英国殖民地和当今新兴的发展中的大国，印度的许多城市不乏欧式建筑，也有很多新的已建成或正在建设中的各种房屋。但乘坐大巴在各城市观光游览的过程中，我们总会不时地在一些城市的旧城区或近郊看到为数不少的，甚至是成片的简易破旧房屋。这些好似处于风雨飘摇中的房屋中的有一些，是用旧铁皮或各种软硬塑料制品搭建的，多呈现各种各样的窝棚状，说不上是房屋。在这些地方居住的自然是一些包括小贩和拾荒者在内的低收入或无收入的人群。其中也许会有乞讨者，但不会是所有的乞讨者都能住进那里。因为平时我们在街上，甚至是旅游景点附近看到有太多的单个的，或拖儿带女的乞讨者，也在夜晚看到在街市两边的屋檐下躺卧着的许多乞讨者和流浪者。这些人蓬头垢面，衣衫褴褛，正是以露天的大街小巷为家。我们多次看到有些人深夜围着火堆取暖，凌晨在街头栖身处使用简单的炊具生火做饭。

孟买的高楼同贫民窟并存　　　　　　　　　流浪街头者深夜生火做饭

梳理了在印度一些城市的街头巷尾看到的各种脏乱差的现象后，我的思绪很难平静下来。虽然我真切地看到了问题的存在，但对其未来的出路，却无法持乐观态度。据导游介绍，印度城市脏乱差的状况由来已久。只是随着社会经济的发展，各种车辆愈来愈多，人口愈来愈多，问题愈来愈严重而已。对此印度政府当然也不能一直熟视无睹。据媒体报道，印度的中央政府已打算2019年前在全国范围内，杜绝随地大小便的陋习。办法是在全国城乡多建造一些公共厕所。为此，政府还向世界银行申请了用于修建厕所等公共卫生设施的专项贷款15亿美元，并已获批准，将分五年获得这笔贷款（据2015年12月17日新华社电）。如此以来，随地便溺的问题就能解决么？我看未必。在印度城乡各地普遍存在的随地便溺现象，虽然同厕所少有关系，但根本上还是因为一些不良的宗教观念和风俗习惯支配着人们的头脑。想想看，把牛、猴等动物视为神物，让其随意活动于街头巷尾，连警察也不去干预，那城市的环境又如何能干净整洁起来？而且牛、猴等动物散养在街头，对环境造成的危害还在于：非但不会促使市民去自觉地维护城市环境的整洁，反倒会让他们也跟着去做一些不利于城市环境干净整洁的事情。因为当随意在公共场所乱丢垃圾或随地大小便时，他们在潜意识里很可能为自己作出这样的辩护：既然神牛、神猴到处随地大小便，我们为什么不可以？我们讲究整洁干净又有什么用！

正因为许多人可能是在行为上向牛和猴看齐，不愿上厕所，当下印度的一些地方政府为了实现中央政府的目标，便出奇招怪招，鼓励民众使用公厕。据新华社2015年6月10日电：印度西部城市艾哈迈达巴德市的市政委员会近日宣称，决定向所有使用公共厕所的居民发放补贴，以鼓励民众使用公厕，杜绝随地"方便"的不文明行为。补贴标准是"光顾"一次公厕可获得1卢比。如今在世界多地，进公厕要收费的事例倒有一些，可还从未听说过有像印度那样进公厕可获得奖励的先例。不过这不高的奖励能否达到预想的目的，恐怕还很难说。

或许认为上述地方政府的招数不会起到多大作用，

又有他处地方政府使出新的狠招：使用无人机抓拍随地大小便者，然后予以严惩。又据新华社2016年9月21日电：《印度时报》19日报道，印度哈里亚纳帮的亚穆纳纳格尔地区上周决定动用无人机整治户外便溺的陋习。先在一些地区试点，每天上午5时至9时用无人机进行监控。一旦发现有人随地大小便，便由执法部门严厉处罚。这一新招至今已实施一段时间，效果如何尚不得知。不过，我还是有点怀疑：面对受根深蒂固的宗教观念影响的印度广大社会人群，各地政府变换花样推出的种种招数能实际起到多大作用？

我对印度社会脏乱差问题的解决前景不抱乐观态度，还因为印度政府不能投入足够资金用于城市建设。长期以来印度社会经济发展落后，人口压力又那么大，它自然拿不出足够的资金用于庞大的市政基础设施的改造和新建，更无力兴建大量宜居住宅来代替贫民窟。当然，近年来印度社会经济有了较快发展，综合国力也有了极大增强。这本应可以使各级政府拿出较多的财力和物力，用来加大对包括城市道路和公共厕所在内的城市基础设施的新建或改造，并多建造一些供下层社会人群居住的经济适用房。但当政者却似乎

无意这样做，或不太愿意多做这方面的善事。甚至连造公共厕所的钱也不肯拿出来，要造就得世界银行先把钱垫出来。这有点太不顾及国家的面子。那政府把钱都用到哪里去了呢？众所周知，印度政府近年来过分热衷于花大量金钱自己制造，同时又去国外购买各种先进的武器装备，以提高印度在南亚地区乃至整个世界范围内的军事影响力。就以2016年为例，据媒体报道，世界各国向海外购买武器，花钱最多的便是印度。另外，近年来印度各级政府还乐于把钱用在了其他一些不该用或不该用得太多的方面，如热衷于为伟人制作耗资巨大的雕像上。据报道，从2007年至2009年，时任印度北方邦首席部长，被称为"贱民女王"的玛雅瓦蒂便耗资8亿美元，为反对种性制度的人物（包括她本人）建造数十座雕像。这件事的正确性虽然至今都有人质疑，可是步"贱民女王"的后尘者，却大有人在。前不久印度第一大城市孟买的当政者就豪掷360亿卢比（约合36.7亿元人民币）在孟买着手兴建一座"世界上最高的雕像"。像高192米，为纽约自由女神像（含基座）的两倍高，预计2019年完工。虽然雕像的原型为17世纪信仰印度教的马拉塔

帝国的统治者，又被尊称为"印度教国王"的贾特拉帕蒂·西瓦吉，但因耗资实在太大，此事还是在印度国内招致众多人的非议和反对。至2016年12月已有近4万人在网上向总理莫迪请愿，要求他下令停工。网民认为，花巨资建造该雕像是劳民伤财，并表示政府应该把钱"花在需要的地方，比如教育、基础设施"等方面，"而不是一无是处的雕像上"（参见《环球时报》2016年12月29日所刊《印度巨资建"最高雕像"遭质疑》一文）。

鉴于以上原因的存在，对于印度城市脏、乱、差状况的解决，我便认为在相当一段时期内是无望的。这种无望无论对于印度国内的人民，还是对于外来的旅游者来说，都很不幸，也很无奈。其实作为一名外来旅游者，我在印度旅游期间所看到的无奈之事还有不少。在此仅举一例：印度人，无论男人，还是女人，除少数白领或涉外从事旅游业者，及一些青年外，几乎都穿传统的袍式或拖至地面的裙式服装，女性尤其如此。这本是无可厚非的事情，不过当看到妇女们即使在从事繁重的体力劳动，如清扫道路或在建筑工地搬运沙石之类的建材时，也依然穿着拖至地面上的

长裙，心里就有些不是滋味了。

总之，在现代文明已发展到21世纪的今天，作为一个曾经创造过辉煌的古代文明，现今又是一个航天业大国和软件业大国的印度，似乎又同时保留了过多不合时宜的又影响着人们日常生活质量提高的老旧传统。这可能正是包括我本人在内的许多外国人，对印度总是怀有一种莫名的神秘而又有些不可思议的感觉的原因。

本章结束前，我觉得有必要再说上一段话：印度的不少城市的环境虽然不太好，但这并不能构成不去或反对去印度旅游的理由。因为去印度旅游主要是为了观摩它的很富有民族特色的丰富多彩的文化遗存和古迹，而不是去看它的城市环境。至于说在一些地方所看到的脏乱差的环境，虽然会使我们觉得不适意，但这除了能增加我们对印度当今社会状况的了解外，也并不会对我们的健康有什么损害。在前后九天时间里，我们三十余人的团队并未有谁出现身体不适的情况，也未听说出国前有谁打过预防针。当然，在印度期间全团人员身体状态良好，除了表明大家有较强的自我防护意识外，也表明印度的饮食条件和住宿条件都还是不错的。

斋浦尔大街上的穆斯林妇女　　　　　　　新德里街头上的一家人

IRAN

伊朗不再神秘

伊斯法罕街景

伊朗游早有打算。一来，伊朗有着悠久的历史。公元前6世纪前后，当今伊朗人的祖先经过长期征战，曾建立了一个地跨亚、非、欧广大地区的波斯大帝国。波斯帝国的建立和兴衰对当时以今日的伊朗为中心的广大亚、非、欧地区的政治、经济和文化的发展产生过重大影响。波斯帝国终结后，勤劳勇敢又富有智慧的波斯人在其后的漫长岁月里，仍继续创造出灿烂的波斯文化。只有亲身前往伊朗，才能对有着悠久历史的波斯人自远古以来所创造的文化遗产获取更切实的一些认知和了解。二来，起自1979年，伊朗国内政治状况发生了巨变，原先亲西方的巴列维王朝被推翻，继之建立了政教合一的伊斯兰教政权。这一新的国家政权坚持独立自主的外交政策，为了国家的利益，不放弃自己的核战略，为此遭到了以美国为首的西方大国的长期而又严厉的制裁。对西方制裁下的伊朗国家和人民的状况和命运，我十分同情和关切，早就想利用旅游的机会前去看一看，期盼能看到在西方制裁下的伊朗的国家状况和全体伊朗人民的生活状况比预想的要好。

　　我的随团伊朗行的时间是在2015年的3月上旬，前后八天。

伊朗的过去

莫克清真寺东礼拜堂

航班降落伊朗首都德黑兰，在参观游览了作为世界文化遗产的格雷斯坦宫之后，便乘伊朗国内航班飞行一个多小时，来到它的南部城市设拉子。旅行社为我们安排的线路是：游完设拉子便沿着一条直线向北展开。先是伊斯法罕，后是卡向，最后再回到德黑兰。这几座城市在伊朗历史发展的不同时期均曾作过都城或占有重要地位，也都留存有大量的历史遗迹和文物。

设拉子有1400年的历史，现为伊朗第五大城市，人口200万。在设拉子最吸引我们的游览景点是莫克清真寺。该寺费时10年，建成于1876年。面积3700平方米，是全市最美的清真寺。该寺的美主要体现在作为它的东西两个礼拜堂中的东礼拜堂上。该礼拜堂面积约400平方米，虽然堂内的石柱并不高大，拱廊式的屋顶也并不是很大气，但柱石上的雕刻很精细，屋顶和墙壁铺设的彩釉小瓷砖图案多样，色彩艳丽，再加上彩色的大玻璃窗和地上铺设的优质而漂亮的波斯地毯，在阳光的照射下，整个礼拜堂的全部空间变得五彩缤纷，美得让人窒息。

莫克清真寺正门

波斯波利斯是在设拉子游览的另一个重要景点，距市中心一个小时的车程。波斯波利斯（希腊语意：波斯都城）建于公元前6世纪，是波斯帝国的都城。现今留存下来的只是当年波斯帝国都城的王宫遗迹。当地导游称该景点的文物价值和历史地位相当于中国的长城，是迄今留存在伊朗的最古老、最有价值的历史遗产。早在1979年便成为伊朗最先被列入世界文化遗产的文物。建成波斯波利斯这一波斯帝国都城的是当年对外大力扩张，占领了亚、非、欧大片地区的波斯帝国的国王大流士（前521—前485）。在波斯帝国经历的前后二百多年的历史上，大流士同帝国的创建者居鲁士（前558—前529）一样，都是帝国最重要的人物。

现今人们所能看到的建于两千多年前的波斯帝国王宫，虽然只是一些遗迹，但从其带有精细雕刻的高达数十米的石柱，以及精细制作的大量石砌的门框及断壁，再有其占地达数百亩，长宽各数百米的规模即可看出，当年王宫建造气势之宏大，工艺水平之高超。

参观完王宫遗迹之后，我们一行又前往不远处的帕萨尔加德，在这一片荒凉的地方观看了历经两千六百多年，至今保存完好的波斯帝国创建者居鲁士大帝之墓。墓体显得很简朴，十几米高，由数百块巨石堆砌而成。站在墓前，难免心中会生起一种历史的沧桑之感：永恒的只有时间，人物再伟大，都不过只是过客。

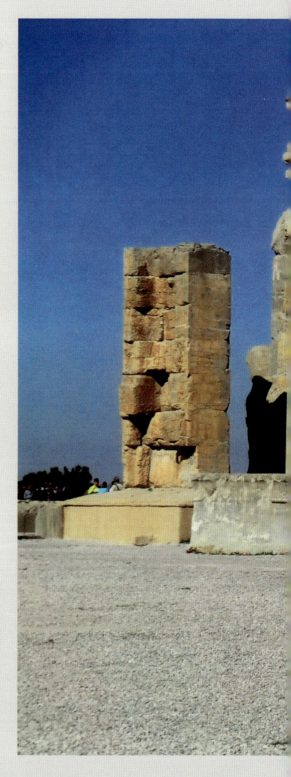

波斯帝国都城王宫遗址

伊斯法罕建城已有两千多年，现人口近200万，在伊朗享有"半个天下"的盛誉。这不仅因为它曾经是伊朗历史上最伟大王朝——萨法维王朝的都城，拥有众多保存完好的文物古迹，而且拥有建于17世纪初的、中东地区最大最古老、周长延绵二公里、各式货品齐备的大巴扎。再加上它还拥有全国排名第一的名为"伊玛目"的清真寺。在地理位置上，伊斯法罕也占优势。它大体位于全国的中心地带。在两天的时间里，我们在该城游览了许多景点，不过，留给我最深印象的还是位于市中心的伊玛目清真寺。该寺建成于1611年，面积数千平方米。不仅十分宏伟，而且装饰极为华丽。它拥有直径与高度达数十米的数个相互连结，每个都由柱石撑起的高大穹顶。这些穹顶和四周墙壁采用各种色彩艳丽的彩釉瓷砖镶嵌，而且图案设计极为复杂多样，让人看了真有些目眩。我一边观看，一边心里直捣鼓：当年匠人们是如何建造图案如此复杂、色彩如此艳丽的清真寺的？如果说欧洲的一些天主教和基督教的大教堂，其室内室外的许多人物雕像栩栩如生，极具立体感和极强的感染力，凸现了其鬼斧神工之力，那么以伊朗伊斯法罕的伊玛目清真寺为代表的伊斯兰教世界中的许多清真寺，以各种彩釉瓷砖和极为复杂多变的精美图案进行的内外装饰的伊斯兰教建筑，也同样具有极强的感染力，同样给予观览者以极为强烈的美的享受。

伊玛目清真寺的内部装饰

沙漠或沙化地占伊朗全国土地面积的三分之一

　　游程中的第六天，我们一行乘大巴离开伊斯法罕，一路向北，三小时后抵达卡尚。这是一座只有三十多万人口的小城。以生产波斯地毯和彩釉瓷砖闻名于世，同时也以绿洲城市著称。既然如此称谓，那卡尚周边便会有面积不小的沙漠。情况的确如此。伊朗虽然北部濒临里海，南部濒临波斯湾和阿拉伯海，但其领土的中、东部地区却多沙漠或沙化地，这些不利于农业发展的土地竟占着伊朗国土面积的三分之一。我们这次旅行安排的由南向北的线路虽然有些偏西，但所经地区，土地沙化程度也还是挺严重的。从最南的设拉子到最北的德黑兰，大约近千公里。一路上所看到的景像总感到并不陌生，类似于在我国甘肃的河西走廊和新疆的戈壁滩所看到的景象。

费恩庭园

　　处于沙漠包围中的卡尚能成为绿洲城市，这完全归功于它周边不少长年积雪的雪山。正是靠着雪山上的融雪之水的供应，自古以来，卡尚才能生机勃勃地生存和发展。在卡尚我们参观了两处景点，一处是建造于19世纪中期的名叫布鲁杰尔迪的古宅，另一处是已有一千多年历史、名为"费恩庭园"的皇家园林。古宅建筑面积两千多平方米，有七十多个房间，南北两幢楼之间有一个很大的庭园。房屋结构讲究，装饰豪华。天花板有漂亮的图案设计，四周石材墙壁有栩栩如生的人物雕塑。在周围沙漠包围的大环境中，富豪愿花大价钱建造这样一所豪宅，正是因为日常生活用水无虞。据导游介绍，古代卡尚人引入远处雪山融化之水的方式，正类似于我国新疆吐鲁番地区的人民的方式，即挖坎儿井。作为皇家园林的费恩庭园占地约数百亩，虽然建于一千多年前，但因为有雪山之水顺着古老的坎儿井源源不断地流进园内，生长着大量古树名木的园林才一直十分兴旺，富有朝气。费恩庭园也早已列入联合国教科文组织的世界文化遗产名录。在卡尚停留的时间不长，只有半天，但因为能参观上面两个非同一般的景点，我们一行已感到很满足。

布鲁杰尔迪古宅内部装饰

离开卡尚，驱车三小时，傍晚时分回到德黑兰。第二天在晚间回国之前，利用全天时间我们游览了在伊朗的最后三处景点：伊朗国家博物馆、自由纪念塔、尼亚瓦朗宫。

　　伊朗国家博物馆藏有数十万件几千年来国家在社会发展过程中留存下来的珍贵文物。波斯文明的精粹皆在其中。观览之后，我进一步认识到伊朗历史发展的悠久和人文底蕴的深厚。

　　位于市中心的"自由纪念塔"是一座呈倒置Y型的雄伟建筑物，为纪念伊朗建国2500周年而建于1971年。塔宽63米，高45米，已成为首都德黑兰的一大标志性建筑，其造型像征着伊朗国家的稳定和永恒。

尼亚瓦朗宫是1979年被推翻的巴列维王朝王室最后十年居住的地方，因年代较近，保存得好，也是德黑兰现存三座王宫中最精美的一座。其造型和内外装饰完全西方化，几乎不掺杂伊斯兰教的因素。到伊朗当天上午参观的格雷斯坦宫与尼亚瓦朗宫完全是两种风格的建筑。四百多年前建造的格雷斯坦宫具有浓郁的伊斯兰教风格。宫殿外墙采用大量彩釉瓷砖，色彩艳丽，内部则采用伊朗传统的玻璃片镶嵌工艺，显得豪华而精致。

格雷斯坦宫内部大殿

伊朗的现在

前后八天的伊朗行对于感悟和认识作为文明古国的伊朗是大为有益的。不过伊朗行的收获并不限于此。来到这个国家，和这个国家及其人民的接触，我还深感自己大大增进了对于当代伊朗社会和当代伊朗人民的了解和认识。伊朗虽然是一个石油大国，但因为人口众多，境内沙化土地面积又广，包括粮食在内的许多物品需要进口，再加上长期以来遭受西方大国的制裁，一些物质较为短缺，以致整个国家的治理并不容易，一般人民的生活也并不富裕。或许因为油价便宜，伊朗的城市街头汽车数量众多，但几乎都是普通桑塔纳的样式，豪华车基本上看不到。尽管如此，八天来我在伊朗所见到的却是一个经济运行正常，社会秩序安定，人民精神状态良好的局面。走进商店，看到货架上堆满了各种货物，似乎并不缺少什么。

就对当代伊朗的认识而言，这次伊朗行的最大收获还是在于对当代伊朗人的民族性格有了一些实际的观察和了解。几十年来，伊朗不仅对西方一些大国持对立的，甚至是仇视的立场，而且也同地区邻国以色列关系紧张，相互交恶。这种情况多少会让人们觉得伊朗人性格严酷、好斗。其实来伊朗后，通过同当地普通百姓的一些接触，我发现情况并非如此。这次我们的伊朗行虽然时间不长，但不论是在景点游玩，还是在路上行走，或是在商店购物，都同普通伊朗人有较多接触。他们不论男女老少，对我们这些外国游客总是很热情。虽然语言不通，但却喜欢同我们招招手，打个招呼，或是邀请我们同他们合影。我个人在伊斯法罕经历的一件小事更足以显示伊朗人对外来客人所持的欢迎和友善的态度。有一次，当我参观完位于市中心地区的伊玛目清真寺在附近一条小路上闲逛时，发现一家卖馕的小食品店，便近前观看。这时一对上了年纪的当地夫妇看到我这个外来者，便热情地从他们已买好的一摞馕中拿出一块让我品尝。虽一再推脱，最后还是不得不接受他们的一番盛情。

这对热情好客的夫妇坚持要我品尝一下他们刚买的风味小吃

伊朗人热情好客的民族性格，在同我们朝夕相处的当地导游和司机身上也有着生动鲜明的体现。大巴司机是个身体壮硕的中年人。他不仅常为我们超时驾车，为我们耐心地上下车搬运行李，还常常在长途行进的路上休息时，拿出预先准备好的咖啡和点心招待我们。这种情况对于我这个旅游常客来说，还从未遇到过。导游为我们所做的一切也同样让我们难忘。他是一名三十多岁的年轻人，名叫哈比比。因为只懂英语，不懂中文，同我们的交流要经过领队的翻译，因此工作起来要很有耐心才行。而这位小伙子正是很有耐心，兢兢业业地工作着，对大小景点的介绍总是很详尽，还不时回答大家的提问，让我们很满意。正是主要从哈比比那里，八天来我们在参观了大批景点，获得许多历史性知识的同时，也对实行政教合一体制下的当代伊朗社会，有了不少的了解和认识。其中最让我感兴趣，甚至是感到好奇的有下列几方面：

其一是男女着装问题。女性出门必须佩带能把头发包裹住的头巾。头巾的颜色和样式不限。上身需穿长袖衣服，其长度要盖过臀部，下身穿长裤，不得穿裙装。男性上身可穿短袖衣服，但不可穿短裤。这些对男女着装的规定也适于入境的外国人。

其二是男女空间隔离问题。这方面的规定涉及面之广，实在令我们有些惊诧。除了在公共场所向真主祈祷要男女分室外，孩子一入小学读书便男女分校，中学也如此。乘公共汽车，男性座位在前，女性座位在后；男性从前门上下，女性从后门上下。在运动场所也有男女分隔的规定：游泳男女不能同池；观看排球和篮球比赛男女也要分开；足球场地则女性根本就不能进入。在餐馆用餐，不认识的男女不能同桌。

其三是一夫多妻问题。原先我们都大体知道，在伊斯兰教国家，一个男人可娶四位妻子。局外

上：女子小学的老师和学生
下：男子小学的老师和学生

人对此往往不太理解。来伊朗后，情况到底如何，就想打听一番。导游耐心地回答了我们的疑问。他说《古兰经》虽然有如此规定，但实际上在伊朗全国娶四位妻子的很少，不到成年男子的百分之一。究其原因，则因为在伊朗成年男子结一次婚并不容易。即使初婚，男方在订婚时不但要向女方交付巨额礼金，还预先要明文规定，一旦以后男方提出离婚，就要向女方支付多少数额的离婚赔偿金。赔偿金的数额当然也不会低。如果以后一旦离婚，男方却不按原先的规定支付赔偿金，那便会面临坐牢的结局。至于娶了一位妻子，再想要第二位，那就会受到更多条件的限制。首先，原配妻子要同意。如同意，下一步便面临经济上的巨额开支：为第二位妻子购置同第一位妻子所居同样规格的住房及同样规格的其他各种生活设施。如果有了两位妻子，以后还想有第三位，甚至第四位妻子，那同样也要征得前面几位妻子的同意。同意之后，同样要为新任妻子花钱按规定购置住房及其他各种生活设施。还有一点不要忘了：伊朗女人结婚后工作的不多，其日常家庭生活开支及个人消费都由丈夫负责。显然，按上面的要求，即使《古兰经》有规定，在伊朗一个男人一生要想结几次婚，娶几位妻子，确实不是一件容易的事。

我们的伊籍导游真是既有耐心而又十分细致，在向我们详细介绍了伊朗男人多妻的不易后，接着又向我们解释道，其实在伊朗男人多妻的不易，也不完全受制于经济的因素，情感因素有时也起很大的作用。如果首婚后，夫妻二人情笃意切，感情很好，那即便是男方再有钱，再有条件另娶，也不担心妻子反对他再婚，他也往往不会再娶他人为妻。因为他担心再娶后，难免会损害他同首位妻子的感情，也担心无法保证让各位妻子过上绝对公平的生活。为此哈比比还举了一个存在于相临的石油富国卡塔尔的事例。卡塔尔同

德黑兰街头遇到的几位女青年

伊朗一样也是伊斯兰国家，男人也可以娶四位妻子，可是在这个石油富国就有一位同王室沾亲、富有而又地位显赫的大名人，结婚十余年来一直守着初婚妻子而不再婚。这位名人便是卡塔尔唯一的国际象棋特级大师，又是"阿拉伯世界二十世纪最佳棋手"，现任卡塔尔国际象棋协会秘书长的默罕穆德。他的妻子也不是别人，而是既拥有国际象棋女子特级大师称号，又拥有男子特级大师称号的我国前著名棋手诸宸。这两位在棋场相识、相恋，后很快成婚的跨国夫妻，婚后十余年来，一直相敬如宾，非常恩爱。当有人问起穆罕默德十几年来为什么只守着一位妻子时，他的回答是，娶多位妻子后，对她们要"绝对公平"，而他很难做到这一点。

或许是看到我们一行人很爱听自己对问题所作的讲解和论述，哈比比接着便又引申谈到了对问题所持的其他一些想法和看法。在他看来，《古兰经》为男人多妻设置了很高的门槛，其实正是为了更好地保护作为社会上的弱势者一方的女性的权益，使她们一旦成婚，便能在婚后享受到与别人同等的权利和社会地位。而在一千多年前，作为伊斯兰教的最高经典和法规的《古兰经》在形成时，内中规定其信徒可娶四位妻子，其出发点也正是为了维护妇女的权益。古时中东地区各国征战不止，男人战死者众，由此产生的后果之一便是社会上多寡妇，多适龄未婚女子。为了给男少女多社会中的势单力薄的女性们寻找生活的出路，《古兰经》便出于人道考虑，规定有足够经济能力的富人可多次结婚，可娶四位妻子。导游对问题的一番论述和讲解，使我们在一夫多妻问题上原有的疑惑破解了许多。

在着装问题和男女空间隔离问题上，哈比比大概发现我们一行人还有些疑惑或不甚理解，他便又向我们解释道，《古兰经》及当今政教合一的伊朗政府对问题所作的一些规定，出发点也是

善的，同样也是出于对女性的爱护。他说，女性着装保守一些，尽量少暴露，在一些公共场所同男性相隔离，这就能最大限度减少来自社会上的不良人群的伤害。联想到当今在极少数国家时常发生的女性遭性侵等的恶性事件，我倒也能理解导游对问题所提出的上述看法。

伊朗行至今虽已过去近三年，可是在各种场合遇到的众多伊朗人的热情好客的笑脸，还有全心全意为游客服务的大巴司机和年轻导游为我们所作的一切，都实在令我难忘。除此之外，在伊朗每天见到的普通的伊斯兰教徒按时向真主虔诚祈祷的情景也同样令我难忘。在这里我无法不回顾一下。按《古兰经》的规定，穆斯林们每天清晨到晚上要向真主祈祷五次，每次数分钟。对于白天大部分时间在工作，或经常外出的人来说，要完全做到这一点可能并不那么容易。可是在伊朗短短几天时间里，我们不论是在大巴上，还是行走在路上，常会看到，到了祈祷的时间，路上便会有人跪在地上作祈祷，各家店铺里也有人就地跪拜祈祷。而在离清真寺较近的地方，店里的人员还会弃店而不顾，赶往清真寺跟随阿訇作祈祷。这种对真主的虔诚之心实在令人感动。当然，店员们外出作祈祷，也无需担心有人入室行窃，因为这种事在伊朗几乎不会发生。

总之，伊朗八日行收获良多。既观光游览了当今伊朗人的先祖们数千年来遗留下来的大量很有价值、很有特色的文化遗产和文物，又在一定程度上接触并了解了当代伊朗的现状和人民的生活状况，并对其热情好客的民族性格深有感触。另外，对原先很不了解，甚至很有些神秘感的伊斯兰教的一些教义教规也有了些许了解和认识。如此一来，通过此次伊朗行，在我心中伊朗便不再遥远，不再神秘，伊斯兰教也从神秘变得有些亲切起来。

JAPAN

日本游的收获

日本是我们的邻国，又是亚洲少有的发达国家，在政治、经济、文化和所处地理位置及风俗民情等各方面都很有自己的特点。去日旅游也自然早就列入我的出游计划。但实际上在前后近十年的时间里，出国游了数十个国家后，我才于2015年春季安排了一次赴日行。这是原先不曾想到的。把日本游放在出国游的最后阶段，对我来说，可能主要还是想到日本距中国近，空中飞行时间短，年纪大一点也没关系。

赴日游，各家旅行社提供的线路多为五至六日游。我觉得这对了解和认识作为重要邻国的日本来说，时间短了些。于是便耐心等待，最后选了一条十日深度游的线路。该线路涉猎本州、四国和九州的一些主要城市和众多引人注目的景点。十天下来，我对行程很满意。自己觉得通过这次日本行不仅参观了大量景点，获得了许多感性的和理性的知识，而且通过实地观察和思考，对邻国日本的方方面面也获得了一些切身的感受和认识。

日本的大城小镇都很干净整洁，这是十日日本游给我的最深印象。在游览的过程中，不论是坐在大巴上，还是步行在道路上，也不论在东京、大阪等大城市，还是在一些小镇上，都很少看到地面上有什么垃圾，也几乎看不到会影响车辆和行人通行的道路破损的情况。这种整洁良好的市容环境对发展日本的旅游业肯定是一大利好。外来游人在对之加以赞扬的同时，在心中会想着下次再来日本。

日本人的个人素质给我的印象也不错。其实，日本城市市容整洁便已表明日本人的个人素质较高。不过除此之外，似乎还可再多谈一些。因语言障碍，在日期间，我们这支基本上由老人组成的团队，几乎没有单独同相遇或相接触的当地日本人有过什么语言上的交流。但对日本人，总体上还是很有好感的，主要是觉得他们有礼貌，在路上或商店里稍有接触，他们便会有鞠躬弯腰之类谦让的动作。而且在各种场合都不见日本人大声说话或喧哗。还有一点让我感动的是，有好几次在景点，甚至在路上，拿起相机想拍他们的人物照、工作照，甚至同他们合影，他们都十分配合，一次都没有拒绝过。

日本人爱好绿化，注重生态文明建设，这是十日游期间我对日本获得的又一较为重要的认识。在日期间安排游览的景点有不少为神社或神宫一类宗教场所。日本人自古以来重视对各种天神和先人的祭拜。全国各地分布着大量用于祭拜的各式神社。我们参观游览的是一些历史久远或对当代日本社会依然很有影响的神社。虽然不会有谁对祭拜的神或人感兴趣，甚至也根本不会有谁进入祭拜大厅，但进到神社里面，有两样东西会引起我们的关注和好奇：一是神社的建筑风格或样式，二是神社大殿的周围环境。虽然同为寺庙，但日本的各类神社同我国的佛教寺庙，及一些东南亚国家常见的佛教寺庙，在建筑风格上有着很大的差异。建筑物从式样到用料，再到色彩，似乎显得更沉稳、更厚重。据说这是受中国唐朝时期的建筑风格的影响所致。除了神社大殿的建筑，我们进入神社区域后，感兴趣的是大殿周围的环境。我发现几乎所有的神社大殿周围都有很大的空间，而这些空间除了行走的道路和活动的场地，都被用来绿化，并且都植有一定数量的树龄达数百年，甚至上千年的香樟大树。这样以来，进入一座神社，就像进入一座公园，不但感觉环境好，空气也很清新。

在日本拥有最大绿化面积的神社是明治神宫。该神宫是为纪念把日本带入资本主义发展道路的日本明治天皇，在其死后于1920年11月建成。神宫位东京市中心，占地达70万平方米。院内种着大量郁郁葱葱的各种常绿树。由于林木高大茂密，进入神宫院内后，真有进入原始森林的感觉。据神宫发的材料得知，每年在新年的头三天进入神宫参拜的人数约300万，是日本新年参拜神社人数最多的神社。我想人数这么多也不奇怪，许多人可能是冲着明治神宫森林一般的绿化环境而来的。

处于东京市中心的大绿地——明治神宫

栗林公園

当然，作为一块宝贵的绿地，明治神宫还不是东京市最大的绿地。最大的绿地当属同样也位于市中心区域的日本天皇所居住的二重桥及其相邻的公园。

游览神社固然使我们一行人认可并赞赏日本人对绿化、对生态文明建设的重视，而在专门游览了日本的位于四国高松市的栗林公园后，我们更进一步体验到日本人的园艺水平也是很高的。栗林公园最早作为私人庭园和别墅，由当地封建领主兴建于17世纪20年代。在其后的200年时间里，经由不同时代的历代藩主对其进行了不断的修筑和打磨，便最终形成了今天展现在人们面前的占地达75公顷的精美园林。整个园林以天然林木繁茂的紫云山为背景，配置了六个人工湖泊和十三座假山，并分区种植了各种名贵花卉和经过精心修剪的树龄达数百年的高档园艺林木。进园参观后，我们不仅赞叹园林的整体设计水平，也赞叹园林工人的高超园艺水平。或许因为栗林公园体现了日本园艺的最高水平，早在1953年日本政府便将它定为国家的"特别名胜"。2009年又被法国的旅游指南《米其林绿色指南——日本篇》评为最高等级的三星级观光地。

其实，日本人对绿化的重视和对园艺的爱好，除了体现在公众性的神社和公园的设计与建造外，也体现在个人和家庭对自己居住环境的安排和设计上。在日期间一有自由活动时间，我便喜欢单独逛逛小街小巷，以便尽可能多地观察普通日本人真实的生活和居住状况。我的努力是有收获的。我发现在城市的高楼大厦背后，居住在古老而低矮的祖居老房子里的人家，在不大的庭院内或多或少都栽种一些花草树木。没有庭院的人家则设法在家门口尽量多种一些自己喜爱的花草和树木，而且有的人家将花木修剪得也很有水平。

日本人重视对历史文化名城和名镇的保护——这是十日日本游带给我在认识上的又一收获。日本社会经济发达，城市建设追求现代化，像东京和大阪等大城市不仅有便捷的城市交通，而且有布局合理、外表样式好看的众多高层和超高层的建筑物。但日本人在追求城市现代化的过程中，也没有忘记先人留下来的历史名城和名镇。

当今在日本最受保护的历史名城当推京都。这是很自然很合理的。坐落于本州中西部地区的京都在一千余年的时间里（794—1869）一直定为日本首都。这座仿中国唐朝长安和洛阳模式建城的千年古都，至今留存大量文物古迹，光是各类神社就有两百余座。这些文物古迹的留存不仅见证着日本历史的发展，也成为当今日本宝贵的旅游资源。这次我们一行在日期间安排游览景点最多的城市便是京都。日本政府对京都的保护，主要是要求尽量保留原有城市格局，绝不大拆大建，特别是不允许在市区任意兴建高层楼宇。对此我们一行人是有切实感受的。行走在街上，发现京都的带有古旧色彩的小街小巷的确要比其他城市多，而这也正是有着怀旧情绪的我所希望看到的。

　　说到日本政府和人民对历史文化小镇的保护，那就更为引人注目。因为在日本这类小镇不仅数量多，而且从外表看，的确很少有被破坏的迹象。这些小镇的街道不长，宽10米左右。路面多为石板铺设。两旁鳞次栉比地分布着多为一至两层的主要用木料建造的房屋。这些房屋中的有一些面街的墙壁多用黑漆的板料制作，窗户为小方格式样，这正体现了日本特有的风情。

　　在日本各地看到的有名气的小镇虽然外观大体相似，但如今状况却有很大差异。一些处于著名的神社或其他重要景点出入口的小镇，街上市民和游人熙熙攘攘，人流很多，道路两边的百年老屋也多为商店，出售着当地的特色旅游纪念品和特色食品。而那些处于古代商贸通道上的小镇，尽管当年可能十分兴旺，但时过境迁，当年地理位置上的优势不再，如今便衰落下来。人流很少，冷冷清清，原来的店铺大都闭门歇业。尽管如此，因为属于历史文化小镇，不仅有文物价值，而且是宝贵的旅游资源，因此也便一直留着，而没有拆迁。

上、中：京都的小街

下：京都街上一群刚放学的学生

上：日本的花钟

下：宾馆人员笑脸迎送客人

马路上不该保留的架空线

日本游除了收获以上各方面的重要认识，还让我多少接触到了日本在市政管理和宾馆管理方面的一些人性化的做法，其中的一些也值得我们借鉴一下。其一是在街头绿化带和公园等行人较多的公共场所，常见有显示时间的艺术装置。这对身边不带手表的市民或游人的确很管用。其二是过街人行斑马线旁另设一自行车过街线路标志，以避免人车不分、车碰行人的事故发生。其三是在宾馆大堂，甚至电梯间都置放时令鲜花，使客人进入宾馆或走出电梯，会感到十分温馨。其四是有的宾馆在一层大堂专设一间更衣室，这对带着行李箱等候离开宾馆的客人，临时打算更衣也提供了方便。此外，日本人的节能意识也是值得赞许和学习的。在日期间，我发觉有不少宾馆卫生间的洗手池和马桶是相通的，便后抽水所用之水正来自洗手后蓄存的废水。

总之，十日日本游在观览众多景点的同时，思想上也很有收益，长了不少见识。不过在所经过的地方也看到了一些不够完善或存在缺陷的方面。如不论街头巷尾，还是车站码头等公共场合，用来放置废物的设施太少。有时手上有废物，却长时间找不到丢弃的地方，只好放进包里或拿在手上。再如，在包括东京、大阪在内的许多大中小城市，除了一些主干道和景观道路外，许多中小马路上的架空线都没有置于地面下，而是像蜘蛛网一样悬在空中。这不仅有碍市容，也给人们的视觉造成污染。在日本这样一个经济高度发达的国家，这实在有些说不过去。问题得不到解决，钱的问题可能还是主要的。最后，逛马路的时候，我发现在一些城市的不太显眼的地方，竟也有一些看上去不很正规的建筑物。这些建筑是否属于违章建筑，我就不清楚了。

EGYPT

埃及的辉煌与不易

　　2010年3月下旬参加旅行社所组团队前往埃及。去埃及当然是为了观看闻名于世的金字塔。不过八天下来，埃及行的收获远远不止看到了金字塔，而是看到了更多的很有价值的文物和景点。如卢克索地区雄伟壮观的神庙和神殿，处于大山深处的神奇的帝王谷。在开罗的埃及国家博物馆更是看到了包括不少木乃伊在内的许多稀世珍宝。此外，作为自然景观的尼罗河和红海也给我留下了十分美好的印象。

法老胡夫的金字塔

埃及的辉煌

埃及行虽然大饱眼福，浏览了许多世界级的文物和景点，但我觉得从中对古代埃及在世界文明发展史上的地位，有了一个较为清晰的认识，这对我来说也是十分重要的。记得早在中学读书时就听老师讲过，埃及是世界四大文明古国之一。不过在埃及、中国、印度和处于两河流域地区的巴比伦（如今伊拉克地区）这四大文明古国中，谁又在时间上更靠前一些这一问题上，我的认识一直比较模糊，实际上可能是认为中国更古老一些。可是通过这次埃及行，我对问题开始有了一些新的认识，至少不再认为埃及古代文明的起源比中国晚。如中国历史上出现的第一个朝代（统一的国家政权）夏朝，所处年代在公元前2070至前1600年。之后的商朝所处年代则在公元前1600至前1046年。再后的周朝所处年代则为公元前1046年至前256年。秦始皇灭周统一中国为公元前221年。秦二世前206年为汉高祖刘邦所灭。而埃及在公元前4000年左右便出现了上下两个王国。其中，从开罗至地中海沿岸的尼罗河三角洲地区为下埃及区域；南部从与苏丹交界处至开罗的狭长的尼罗河谷地为上埃及区域。后经过战争，约在前3200年，上埃及国王美尼斯灭掉下埃及王国，建立了统一的埃及王朝。美尼斯建立的王朝在古埃及历史上被称为第一王朝。从这时起至前332年（此时中国处东周后期，及战国时期）被外来的马其顿国王亚历山大征服止，在两千多年的漫长时期，古埃及一共经历了三十个王朝。从第五王朝起，就有编年史家开始记录各朝国王的名字，并按年记载所发生的大事件。第五王朝约处于公元前2500至前2350年。而这时我国历史上最早建立的朝代——夏朝——尚未出现。另外，如果同巴比伦和古印度相比，埃及古代文明的出现也是要早一些的。如巴比伦公元前3000年至前2500年才开始出现最初的国家，而古代印度最早在恒河流域出现统一的国家政权，时间则大抵在前6至前4世纪。

狮身人面像

在人类社会发展进程中，最早进入文明发展阶段的古代埃及，在时间上虽然离我们已很遥远，但空间上又似乎很近。只要来到尼罗河畔，人们就能近距离地接触到它馈赠给世人的至今仍然显得十分辉煌、十分灿烂的大量文物古迹。这些文物古迹大致可分为两类：一是陵墓，二是神庙和神殿。今天人们能看到的陵墓，虽然也有一些墓主是贵族，但主要为各个时期的埃及法老（国王）的陵墓。其中又以分布在开罗近郊的孟菲斯和南部城市卢克索的帝王谷地区为主。在埃及历史上，孟菲斯是上下埃及统一后首次被确立为首都的埃及城市。距今埃及首都开罗三十多公里。孟菲斯的法老陵墓是用数量众多的大块条石叠成的。其底座为正方形，越向上每面变得越狭窄。最后四面集中到一点，即墓顶。这一由四面组成，最后集中到一尖顶的方锥形建筑物，看上去四面都形似汉字的"金"字，故中国人称其为"金字塔"。不过作为法老陵墓的金字塔，其建造样式也经历了一个发展变化的过程。从保存下来的最古老的金字塔来看，最初其外形为阶梯状，共有六个层面。被称为"阶梯金字塔"。后来建造的全平面、非阶梯状的金字塔均由此演化而来。该塔也位于孟菲斯，距今约4700年。据导游介绍，分布在孟菲斯地区的金字塔有八十余座。其中最大的是位于吉萨地区的第四王朝的第二个法老胡夫（前26世纪）的金字塔。塔墓每边长约232米，高146.5米（19世纪巴黎埃菲尔铁塔建成前，世界上最高的建筑）。塔的建造约用巨石230万块，每块平均重约两吨半。塔面所用石块都经细工磨平，使用叠砌法，缝隙密合，不施泥灰。该塔外观雄伟，历经四五千年保持完好，不改原状。只因年久风化，体积较小的顶端有些剥落，现高136.5米。历经数千年，一座塔形建筑不改原状，这足见当时建造时，塔的角度、线条、土石压力等都经过事先周密的计算。在人类社会步入文明时代不久，社会经济和科学认识都处于较低水平的时期，像建造胡夫

金字塔这样一个外表很不规则的庞然大物，不能不说是人类建筑史上的一大奇迹。当然，在低下的经济发展水平和施工技术条件下，胡夫金字塔的建造，也必定会动用大量人力和耗费漫长的时间。据说胡夫当权后即下令建造自己的陵墓。参与施工的农民和奴隶最多时达十万之众，用时二三十年。在规模上排名第二的金字塔也位于吉萨，是胡夫儿子哈佛拉的陵墓。该墓高度只比胡夫墓降低3米，但建筑布局更完美壮观。塔前建有庙宇等附属建筑和著名的狮身人面像。至今其他附属建筑早已不再完整呈现，但狮身人面像这一巨大雕塑却还保持原样。它高约20米，长约62米，由一整块巨石凿成。这一举世无双的巨型雕塑的制成体现了古代埃及人对雄狮的崇拜。法老们生前威权无比，死后也期待着能由力大无比的雄狮守卫着自己的躯体。当然在埃及其他地方也见有古代留存下来的一些石制的狮身人面像，但体积都小得多。

金字塔虽然使法老们在死后也能体现出自己的崇高威权，但由于其建造耗时费力，既开支着巨大的国家资源，又不断加重各阶层人民，特别是底层农民和奴隶的负担，因此后来的统治者随着国力的衰减，为避免和减轻社会矛盾的加剧，以巩固自己的统治，在策划建造金字塔时，便不再建造大型的，甚至有越造越小的趋势。如哈佛拉的继承者曼考拉的金字塔（也在吉萨）塔高只有65米。工程量仅相当于胡夫金字塔的十分之一，在规模上远不及他两位前辈的金字塔。而第五王朝遗留下来的最大的一座金字塔，高度也不及胡夫金字塔的一半。事实上，由于财力等方面的限制，后来许多法老的陵墓不再建成耗资巨大的金字塔，而是在沙漠中的山谷中深挖洞穴而建。这些以开凿洞穴的方式建造的法老陵墓，主要集中在埃及南部城市卢克索近郊的一条山谷中，即著名的帝王谷。帝王谷的形成在时间上大约比孟菲斯金字塔墓葬群晚一千年。帝王谷埋葬着64具法老遗体，其中最大的一座墓葬为第19

上：埃及现存最古老的金字塔
下：帝王谷陵墓的墙壁和天花板布满绘画和浮雕

王朝沙提一世之墓。该墓从入口到最后的墓室，水平距离210米，垂直下降距离45米。在导游的带领下，我们有幸进入参观了一番。虽然没有看到存放法老遗体的石棺，但岩石洞做成的墓室规模之大，装饰之豪华，还是让我们一行人有些惊讶。只见石洞的墙壁和天花板都布满壁画、雕塑和象形文字，真像是一座地下宫殿。在古代埃及，国王和王后死后分开埋葬。在卢克索除了帝王谷，还有专门埋葬王后的王后谷。我们没前往观看王后谷，但据导游说，王后谷中的王后墓在规模上虽不及帝王墓，但装饰也很豪华。

在现场参观过古代埃及法老们的巨大陵墓后，我们不免怀着一颗好奇之心想打听一下，法老们遗体下葬后陵墓的状况和遭遇。没想到导游却告诉我们说，在经历的漫长岁月里，这些陵墓完整保存下来的极少。绝大多数都是早已被盗过的，甚至被盗得连一件像样的文物都不留。如最大的胡夫金字塔里设有三个墓室，但早在9世纪初，阿拉伯帝国的统治者派人入内查看时，便发现除了胡夫的一个没有盖子的石棺，里面什么也没留下。在近代，哈佛拉的金字塔于1818年3月2日被打开。考古人员入内后发现棺盖半开着放在棺体上，法老的木乃伊也不翼而飞。低矮的曼考拉的金字塔算是幸运的。或许因其内部结构较复杂，长期未被盗过，直到1837年英国考古学家才发现了它的入口处。但其最终的结果也还是有些不幸的，英国人入内后发现石棺上刻有美丽的浮雕，非常喜欢，便迫不及待地于第二年将其装船运往英国，但途中船只不幸沉没，曼考拉的石棺至今仍沉睡在地中海的万顷碧涛中。

帝王谷中的法老陵墓的遭遇也不比金字塔墓好。已发掘的绝大多数陵墓都被盗过。不过编号为62号的陵墓的发掘却给人们带来了惊喜。该墓墓主为图坦卡门法老（在位时间为前1333至前1323年），死亡时很年轻，只有19岁。由于突然死亡，墓室来不及大规模开挖建造。不过墓室虽小，也无

多少装饰，但在1922年被意外发现时，考古人员却论定它保存完好，未被盗过。墓室内各种珍宝种类繁多，数量惊人。其中有两具黄金打造的棺材、金质的黄金宝座和脚踏、两座真人大小的士兵雕像、战车、床具和各类鞋子及大量其他金银珠宝陪葬品。墓室中出土文物总计达3500多件。而在如此众多的墓葬品中，最为人们所看重和赞赏的当数图坦卡门的金面罩。面罩用纯金铸就，重达17.33公斤，并镶有珍贵的宝石。它细腻地刻画出年轻法老的面部特征和神态表情。面罩上端是铸有鹰和蛇标志的王冠，这是王权的标志。面罩就罩在法老木乃伊的面部。由于太过沉重，出土时发现它已经把木乃伊的鼻子压塌陷了。面罩制作工艺复杂，技术精湛，表明三千多年前古代埃及金属锻造技术已达到极高水平。

由于墓葬时间久远，已达三千多年，出土文物不但数量惊人，又极为罕见精美，有人便论定，图坦卡门之墓的被发掘，是人类历史上最伟大的考古发现。

神庙和神殿在埃及也是常见的文物古迹，这源于埃及是众神国度。古埃及的宗教最先起源于氏族图腾崇拜，各州都有地方神，中央法老政权强化以后，在全国兴起了统一的对太阳神的崇拜，法老被视为太阳神的化身，称为太阳神之子。在众多神庙中，以位于卢克索以北5公里处的卡尔纳克神庙规模最宏大。经过前人漫长时期的建造，最后完成于拉美西斯二世（约前1317—前1251年）的卡尔纳克神庙由17个单体建筑组成。现保存完好的位于中央区域的部分占地就达三十多公顷。其中的主殿占地五千多平方米。殿中有134根巨型石柱，最高的12根，每根高达23米，周长15米。柱顶可容纳50人站立，柱壁和周围的墙垣上都刻有精美细腻的浮雕，记载着古埃及的神话传说和当时人们的日常生活内容。已历经三四千年的卡尔纳克神庙遗存和遗迹的存在，让后人无比赞叹，无比自豪。

埃及的不易

古代埃及虽然在历史的发展中走在了世界的前列，给后人留下了数量众多的辉煌灿烂的文化遗产，然而它所处的自然环境却并不优越。同其他文明古国所处自然环境相比，甚至可以说是最差的。从地理位置看，埃及是亚非大干旱地区的一部分，常年雨水稀少，境内大部分土地为沙漠和无土的沙化高地，可耕地仅占国土面积的3.5%，就连孟菲斯地区的金字塔群也处于沙漠之中。由于流沙的移动，金字塔的下部还会遭受黄沙的掩埋。据记载，拿破仑率法国侵略军于1798年抵达埃及时就发现，吉萨地区高大的狮身人面像颈部以下部分被沙土掩埋着。1817年开始清理，直到1926年它的整个身躯才完全露出沙面。不仅如此，首都开罗也受到沙漠的包围和侵蚀。对此在开罗住了几天，我有着切身的体会。每天清晨走出宾馆大楼就可看到，马路两边较低的路面上总会散落着少量由他处吹来的黄沙。或许因为躲不开黄沙的侵扰，总和黄沙相伴而存，我发现开罗的大多数建筑物的外墙颜色都呈现不同程度的土黄色。

埃及的可耕地都集中在狭长的尼罗河河谷，和近地中海的尼罗河下游三角洲地区。其中河谷地带长约750公里，宽20至50公里。正是靠着尼罗河每年的定期（7至10月）泛滥带来的泥沙和洪水，才使得适合农耕的狭长河谷和下游河口三角洲地区得到灌溉，使得埃及先民有地可种、有庄稼可收获。

在了解和看到埃及所处不良的自然环境后，我更加感佩古代埃及人民创造灿烂的古代文明的不易与艰难，同时也很同情当代埃及人民的处境。同自己的先人相比，当代埃及人所处自然环境并没有改善，反倒又增加了影响生存和发展的困难因素。首当其冲的是人口众多。2010年我去旅游时听说，当时埃及全国人口为八千多万。八九千万的人口对于一个经济并不发达的沙漠王国来说，可不是一件小事。吃饭问题是从中央政府到下面的寻常百姓都要面对的头等大事。现在尽管在尼罗河谷地和河口三角洲有限的可耕地中，越来越多的土地被用来种植粮食作物，但产量仍不足以支撑埃及全国人口的粮食供给。据2013年的统计，埃及全国60%的小麦需求要依赖进口。早在2010年埃及便超越中国成为全球第一大小麦进口国。而且由于作为一个伊斯兰教国家，不实行计划生育，年人口增长率居高不下，埃及人口今后还将大幅增加。联合国预测到2030年，埃及人口将过亿。这就意味着在未来的十几年中，埃及将出现越来越多的适龄劳动人口，吃饭问题和年轻人的就业问题都将给埃及社会带来巨大的压力。

当代埃及人面临的第二大困难是：长期以来政府治理不力，社会经济发展缓慢。在近代埃及长期沦为英国的殖民地。20世纪20年代独立后，先是实行君主制，后于1953年在青年军官纳赛尔的领导下，废黜君主制，建立共和国。这之后埃及的经济虽然有发展，但速度缓慢。至今全国大约有一半的人口每天生活费不足2美元，失业率达10%以上。城市建设成就也不很显著，以首都开罗为例，半个多世纪来，就连位于市区的几个大型墓地至今也未能迁出，极大地影响着市容。据当地导游说，开罗市区为数不少的墓地现已占去开罗全市土地面积的约十分之一。其实这种情况的存在不仅影响市容，也必然会极大地制约着开罗市政建设的发展。问题长期拖着得不到解决，固然有着多方面的原因，但经济方面的原因无疑是最重要的。购买新墓地要巨额开支，给众多墓主的迁葬赔偿金也不会是小数字。

至于说城市居民的住房状况，那也很难令人满意。据国际研究机构牛津商业集团2015年11月发布的研究报告显示，当下埃及住房缺口达300万套，新需求量以每年30万—50万套的速度递增。而开发商每年只能提供2万套左右的新房。大约正是由于从政府和开发商那里无法得到正规的住房，或买不起正规的住房，在开罗的一些贫民窟急需住房的人们便见缝插针，随意搭建简陋的房屋。这些看上去杂乱无章的建筑，有平房，也有楼房，不过大都砖块裸露，外墙不见什么涂料。据说这些看似烂尾楼的房子，脚手架一拆，便会有人住进去。

对于建国半个多世纪以来，国内经济状况一直不佳，没有明显好转的局面，民众自然很不满，以致在全国各地不时会发生各种形式的抗议活动。流血的暴力事件也时有发生。然而继2011年通过激烈的街头对抗，将统治埃及近30年的前总统穆巴拉克赶下台，又在军方参与下，将民选的穆尔西总统罢免，选出退役的塞西担任总统后，埃及政局也还是稳定不下来。人们不禁要问：埃及政局的出路到底何在？在寻求对这一问题的回答时，我倒想起了在埃及旅游期间，在议论埃及的现状时，我们的年轻埃及导游发表的一番看法。在他看来，埃及的国家权力长期以来一直掌握在军方或军人出身的人的手里，而他们除了追求社会的稳定，感兴趣的只是守住自己的特权和利益，而不真正懂得如何治理国家。由此，这位导游便认为，为了埃及的现在和未来着想，埃及的国家权力一定要摆脱军人的控制，从上到下组建以懂经济、会管理的人才为核心的治理型政府。这位埃及导游的观点和见解或许是很有道理的，但问题是：在埃及这样一个古代文明与现代生活共存、伊斯兰教的宗教氛围很浓厚、军队又从未放弃过对国家权力实际控制的国度，要实现建立一个带有民主色彩的治理型政府的理想，恐怕并不容易，很可能需要漫长时间的等待。

虽然对埃及的政治前途不太乐观，但作为局外人的我还是期待埃及的旅游业能有一个更大的发展。只有作为埃及支柱产业的旅游业的大发展，才最有利于解决或缓解困扰埃及民众的生计问题。而埃及旅游业的大发展，在解决好社会治安问题和不断完善旅游设施的前提下，是完全能够实现的。这主要是因为埃及有着十分丰富的旅游资源，除了前面提到的神奇而又梦幻般的金字塔、神庙、神殿、帝王谷及王后谷，还有集中了古埃及文物精华的埃及国家博物馆，及其他一些收藏着大量文物的各类博物馆。其中埃及国家博物馆是很值得一提的。它建于1902年，位开罗市中心的解放广场，是一座两层楼的暗红色建筑。馆内展品均为两千年前的文物，十分珍贵。进入馆内，观众会很快被大量展出的文物，特别是人体木乃伊所吸引，但最受关注的可能还是出自年少法老图坦卡门墓室内的大量珍奇文物。在图坦卡门墓室出土的3500多件文物中，就有1700多件摆放在馆内展出，其中包括金面罩和两具金棺。

埃及国家博物馆因其展品的古老和珍贵而闻名于世，在非洲它也是最大的博物馆。但由于展馆面积小，平时只能展出其收藏的丰富藏品中的一小部分。为此多年前埃及政府便已决定在吉萨金字塔群的南面数公里处建造面积更大、设施也更先进的新馆。要不是近年来国内局势动荡，加重了国家的经济困难，能分担老馆展出压力的新馆可能早已建成了。

除了上面说的，尼罗河和红海这两项自然景观也都具有世界级的旅游价值。

开罗周围便是沙漠或沙化地

发源于非洲中部地区的世界上最长的河流——尼罗河——长6670公里，流经下游的埃及境内有一千余公里。这段河两岸的景色十分奇特，由河流泛滥和泥沙沉积而生成的近岸狭长肥沃土地上生长着壮硕的庄稼，远处则为沙漠或不见绿色的沙化高地。乘坐游船白天可观赏在世界上其他地区少见的绿色加荒漠的两岸景色，也可上岸探寻一些藏在沙漠中的文物古迹。晚上则可尽情地在船上观看3000年前起源于埃及及周围地区，后又传播至世界各地的俗称"肚皮舞"的东方舞表演。这种舞蹈观赏性和娱乐性极强，舞姿一展，舞者腹部肌肉的活动便很突出，故又名"肚皮舞"。过去在别处也看到过，但我觉得论舞姿和韵味，埃及人跳得最好看、最有味。或许正因为这样，多年来6至7月在开罗都会举办为期一周的世界性的肚皮舞节。届时来自世界各地的肚皮舞爱好者，便聚会开罗，接受世界著名的肚皮舞表演艺术家的指导，并在晚上观看演出。

尼罗河两岸景色秀美，但远处即为沙化地带

红海称得上埃及的又一宝贵旅游资源。凡去埃及旅游的人，大概不会不去红海岸边看看。位于埃及本土东部、南北向狭长的红海常年日光照射，金色细软的沙滩十分怡人。故此一到岸边，便见大量游人在以各种姿势沐着日光浴。不过在沙滩上逗留一段时间后，我倒觉得红海最美、最让人喜爱和留恋的是它的水。站在沙滩上由近及远望向大海，我惊喜地发现，海水的颜色是多种多样的。最靠近岸边的为浅绿色，再远一点为深绿色，更远的地方为蓝色，蓝色外面的海面则呈现出深蓝色。据导游介绍，在有的海域，随着时间的变化和日照角度的不同,海水还会呈现出红色来,故自古以来便有了"红海"这一名称。红海的水之所以也像我国九寨沟的诸多"海子"一样，呈现出不同的颜色，这可能有诸多原因，如水的深度不一、水底矿物质成分有差异等等，但最重要的原因可能是红海的水太清澈了。由于极度清澈，不同深度的海水对光照的反射不一，便会呈现不同的水色来。

　　红海的水极度清澈，水面下的能见度很深，这也给游客带来了另一乐趣：站在岸边稍高之处静静地观看水中鱼儿欢畅地游动。我本人就曾站在一个适当的位置，瞪大双眼寻找水面下的鱼儿，并追踪着它们的身影，时间前后有一刻钟光景。相隔数年，至今红海水面下的鱼儿仿佛还在我的眼前游动。这种回忆可真美啊！

　　红海之水为何如此清澈？对于我们一行人所关心的这一问题，导游作出的回答是：这决定于红海所处环境。狭长的红海虽然被埃及、沙特阿拉伯、苏丹、也门等国家包围着，但周边基本上都是干旱少雨的沙荒之地，人烟稀少，也没有什么河流汇入，因此不会受到污染。至于近年来包括埃及在内的一些沿海国家在海边建造一些旅游设施，那也不用担心。因为有关国家和当地政府为了自身的长远利益着想，是不会允许污染红海的事发生的。

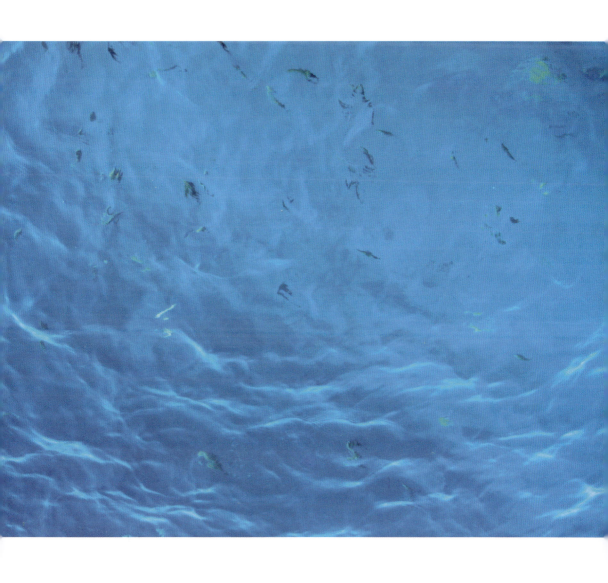

红海之水——鱼儿可见

写到这里，我倒又想起，谈及埃及的旅游资源，总还要提到埃及的一些城市的老城区。在这方面，开罗的老城区留给我的印象最深。在路上铺着小长条石块、道路较为狭窄的开罗老城区，道路两旁多为两三层的古旧老房屋。这些房屋完全不同于欧洲中世纪遗留下来的建筑，而具有浓郁的阿拉伯式的伊斯兰教色彩。不少富有人家的房子不仅全用条石砌成，而且窗框、门楣及阳台四周都装饰有精美的、富含伊斯兰教文化色彩的浮雕。漫步在这样的道路上，心中便有一种置身于中世纪伊斯兰教世界的感觉，不仅好奇新鲜，而且感到十分难得。

实际上，来到开罗的老城区，使我大开眼界的不仅是它的奇特建筑，还有它的整体氛围。走在街上我看到两旁门面不大的小店里出售的商品几乎都带有当地伊斯兰教的印记，特别是家庭生活日常用品和供妇女儿童使用的金属的和非金属的大大小小的装饰用品，满满地摆放在商店的门里门外，琳琅满目，花样之多，色彩之缤纷，实在让人称奇。街上行人，有外来游客，也有本地居民。外来者大都睁着一双好奇的眼睛，东张西望地看着周围的一切，而当地居民则显得十分闲适，慢悠悠地走着，或站在街边闲聊，或走进水烟店里去享受生活，消磨时光。埃及的水烟店里展现的吸烟方式很独特，也因而引起外来游客的特别关注。虽然很少有人有勇气走近店内尝试一下，但立于门口的观望者不少。这种吸烟设施包括好几部分，有烟嘴，有通水的玻璃烟管，有烟斗及一根可随意伸缩的塑料连接管。烟管里装满了水，用木炭加热烟丝，烟就从水里面钻出来。吸者在享受吸烟乐趣的同时，还会听到烟管里的水发出的悦耳的汩汩声。

开罗老城区的水烟店

开罗的老城区

开罗的老城区

　　当然，开罗老城区的街上，另有一道景色也是很亮丽的，那就是行走结伴的中学生模样的青年女子。她们戴着各式头巾，穿着很有民族特色的服装，边走边聊，很是开心。可是一旦发现被陌生人注视或被拍照，便显得很羞涩，赶忙低下头，不再说话，甚至作出手势，拒绝拍照。这种情景同后来我在伊朗街市上所看到的大有不同，伊朗女青年大多性格开朗，很乐于同外人打交道或拍照合影。看来同属伊斯兰教国家，各国的国情民风也有很大的差异。

ITALY

意大利掠影

意大利历史悠久，旅游资源极为丰富。在世界各国中，意大利拥有联合国教科文组织认定的最多数量的世界文化遗产。2007年9月第一次赴欧游，我便来到了这个向往已久的文明古国。不过因为这"第一次"是多国游，在意大利逗留的时间并不长，只有三天，涉足的地方不多，观看的有价值的文物古迹和景点也很有限，因此，那次意大利行也只能说是一次掠影。

好在我已打算在身体状况还能远行的情况下，尽快安排一次单独前往意大利的深度游。原先的遗憾也就此得到补偿。

古罗马城众多的废墟遗迹至今保存完好

古城罗马

意大利首都罗马是世界著名的旅游观光城市，也是一座创造过辉煌的文明古城。其建城已有2500年以上的历史。当今这座方方面面都十分现代化的城市，角角落落依然分布着当年罗马帝国时期的众多历史遗存、遗迹、遗址和废墟，由此人们依然能够感受到当年罗马帝国的宏伟气派。另外，今日的罗马城也保留了文艺复兴时期的许多足以让后人观赏和学习借鉴的精美建筑与艺术精品。这种集现代化与众多的古代遗存、遗迹为一体的城市风貌，在当今世界上是不多见的。有人说今天的罗马城就是一座艺术宝库，就是一座巨型露天历史博物馆，就是一个大景点，我认同这些说法，只是与此同时，我们不应该忘记历代意大利人对历史文物保护工作的高度重视，以及为此做出的杰出贡献。坐在大巴上或在城内行走，人们在光鲜的大街两旁不时会看到一些断垣残壁迎面而来。然而意大利人对这些曾经有过重要建筑，而今已成废墟，但其地块可能已很有商业价值的地方，就是采取原样保留或"留白"的态度，而不在原址上搞什么"复建"，或新建什么高楼大厦以图赚大钱。与此相比，我们当前在城市建设中不仅常常随意拆除有重要历史价值的古旧建筑，而且在许多旅游景点，无中生有出整条街式的"全面复建"明清建筑。这种以假充真的做法不仅让智者反感，也会贻误后代，实在应被明令禁止。

在古罗马众多保存较好的建筑遗存中，给我留下最深印象的是古罗马竞技场。这座竞技场也称斗兽场，是古罗马的象征。建于公元1世纪，前后费时9年，该椭圆形的石砌建筑物占地约2万平方米，周长527米，可容纳5万观众。由于出入口众多，达76个，观众可在5分钟内全部退场。

竞技场是角斗士竞技、角斗士同兽类相斗和上演神话戏剧的地方，如今每年吸引600万游客前往观瞻。经过两千年的风雨侵蚀，竞技场外观虽然破损严重，但整体结构仍保持完好。那天我们虽然没能进入场内参观，但在它的周围，仰首看着它的高大雄伟的气势和建筑架构，心灵深受震撼。我想就从这座两千年前问世的庞然大物，今天还能高高地迄立在后人面前，便可显示出当年的罗马帝国是何等富足和强盛，建筑的技艺水平又是何等高超。

除了罗马竞技场，圣彼得大教堂也给我留下了较深的印象。这座为罗马城中的国中之国——面积只有0.44公顷，以教皇为君主的梵蒂冈——所据有的大教堂坐北朝南，门前的气势恢宏的圣彼得大广场据说能容纳20万人。广场两侧有由数百根圆柱围成的有顶的廊道。廊道上端排列着众多圣者塑像。游客们可能无心朝圣，但面对这些圣者，敬畏之心也会油然而生。

蹑足登堂，只见教堂内部地面、墙壁和廊柱都为彩石大理石镶拼，精美的壁画和大理石浮雕则举目可见。整个教堂装饰之华美，达登峰造极之地步。当然大教堂最亮丽、最眩目的部分还是它的中央穹顶，由文艺复兴三巨匠之一的米开朗琪罗设计的圆型穹顶高120米，直径约42米，由4根45米高大立柱支撑，周围布满精美的彩色图案和浮雕。一束阳光从透光的穹顶射下，照亮整个殿堂，看得人目眩神迷。

圣彼得大教堂为世界上最大的教堂，在前后长达120年的时间里，经历多位文艺复兴时期顶尖建筑师和艺术家的参与设计和建造，最后完工于1626年。

有人说来到罗马城旅游最后难说再见，也就是舍不得离开罗马，这全因罗马城内，很值得观赏的文物古迹太多了。如果跟随旅行团在城里只待个一两天，甚至只待上几个小时，看的景点太少了，想看的又没看到，或者只是坐在大巴上飞快地掠过一些景点，那确实很难同罗马说再见。

圣彼得大教堂内精美的雕塑

罗马城有诸多喷泉，其中特莱维喷泉最著名，又称许愿泉。这是因为
古代罗马士兵在出征前常来此许愿：希望能活着回来

水城威尼斯

　　威尼斯是镶嵌在狭长的亚得里亚海北端的一颗璀璨的明珠。到意大利旅游，这是游客必去的一座城市，人口三十余万。老市区建于离陆地4公里的118个小岛上，面积不到8平方公里，有177条水道贯通其间。各岛通过四百余座风格迥异，千姿百态的桥梁相互连接，是一座名副其实因水而生、因水而兴、因水而名的水城。在这里看不到汽车和其他陆上交通工具，常见的交通工具除了水上巴士，便是船头船尾都高高翘起的由人工摇橹划行的被叫作"贡多拉"的黑色平底凤尾小船。这种船只能坐数人，但坐在上面，荡漾在狭小的河道上，观赏着两岸古色古香、有着数百年历史的意大利风格的老屋，那一定别有一番风情。只可惜来到威尼斯那天，导游事先没有给我们预约到船票。不过站在小桥上，看着一只只悠悠划行的贡多拉，倒也能分享船上人的欢乐。

　　威尼斯以水城闻名天下，但现下世界上其他不少城市也都被冠以"水城"的称号。如我国的苏州便有"东方威尼斯"的美名，俄罗斯的圣彼得堡被叫做"北方威尼斯"。不过除了因水道多，

桥梁多，再加上沿水道密密麻麻地分布着众多民居这些类似点之外，威尼斯同世界上的其他"水城"相较也很有自己的特点，主要是水道两边的房屋看上去并未明显高出水面，而倒像浸在水中似的。看到此情此景，我真有点替当地居民担心：如果稍一涨潮，房子的底层进水，那可怎么办？再说整幢房子同水如此亲密接触，时间长了，安全是否会出问题？当然我的这一担心很可能是多余的。要说涨潮淹水一事，在威尼斯倒会经常发生。那天我们在经过处于市中心位置的圣马可广场时，地上并没有水，可是约1小时后往回走，再路过广场时，广场就全被水淹没了。水深约20厘米。听说1966年11月的一天，汹涌的潮水淹没了整个老城区，圣马可广场积水最深处竟达1.2米。不过虽然涨潮是常有的事，威尼斯人却早就习以为常。只要水来得快，退得也快，他们便依然故我地生活着。

　　至于房屋的安全问题，那也无需担心。据说威尼斯的房屋，特别是沿水道而建的房屋在水下都打下了一排排大木桩。而且这些木桩在水下泥

地里非但不会腐烂，还会越变越硬，历久弥坚。只是或许因为长期遭海水浸泡的关系，威尼斯不少水道两旁民居的墙体外层涂料脱落不少，以致墙体显得斑斑驳驳。有旅友见此情景议论道：为啥房子也不修一修？不过另有人则回应道：不修也罢，这正体现了威尼斯水城的一方特征。

在威尼斯除了观水，还有不少值得观赏的景点。位于市中心的圣马可广场就是人流熙熙攘攘的热闹场所。著名作家马克·吐温曾盛赞圣马可广场是"世界上最美的客厅"。美在那？我想主要美在它的氛围。长方形广场的一侧为著名的圣马可大教堂。这座诞生于文艺复兴时期的古老建筑，虽不十分高大，但造型独特，很有艺术魅力。是一座伟大的艺术殿堂。此外，广场四周还分布着其他一些很有价值的古老建筑。整个广场上散布

着悠闲踱步的人群，也集聚着来去悠闲踱步的鸽群。它们不畏惧行人，反倒同人亲密无间，甚至飞落在人的肩上，等待喂食，这种人鸟亲密无间的场面真让人快乐无比。再看广场两旁的露天酒吧和咖啡馆，都有乐队伴奏，一支古典名曲会让人听得如痴如醉。还有，路边街头艺人的才艺表演也总会给游人带来惊喜和欢乐。

来到威尼斯，穆拉诺岛也是很值得去的地方。岛上分布着不少玻璃制作作坊。作坊生产的玻璃工艺品世界闻名。那天我们参观了一家作坊，观看了一位老年工匠吹制水晶玻璃制品的全过程，只见他从烧得火红的高温炉中麻利地先后取出几块水晶，每次都在数秒钟内娴熟地吹制出缤纷多彩、造型独特的花瓶、酒杯等物品。现场观看世界级的工艺大师的操作表演，也算是人生难得的幸事。

威尼斯的圣马可广场

文艺复兴的发源地——佛罗伦萨

佛罗伦萨是名闻遐迩的欧洲文艺复兴的发源地，恩格斯曾说过："封建的中世纪终结和现代新纪元的开端，是以一位大人物为标志的。这个人物就是意大利的诗人但丁。"1265年出生于佛罗伦萨一个破产贵族家庭的但丁不仅终生参与了反对以教皇为中心的中世纪黑暗势力的斗争，以致遭长年流放，而且创作了诗歌领域内的世界经典之作《神曲》，用以鼓舞人民起来反抗罪恶的旧制度。随之达·芬奇、拉斐尔、米开朗琪罗等艺术巨匠都先后聚集在佛罗伦萨，续写着欧洲文艺复兴时期的华丽篇章。

今天的佛罗伦萨市区仍保持着中世纪时期的市政格局。铺着青石板的大街小巷络绎不绝地涌入来自世界各地的观光客。他们不仅可前往四十多个博物馆和美术馆，欣赏大量文艺复

佛罗伦萨主教堂广场上的"大卫"雕像

比萨斜塔

兴时期以来的馆藏艺术珍品，还可十分方便地在街头巷尾观看前人创作的以雕塑为主的大量露天陈列的艺术精品。这当中最热闹的地方当属位于市中心的主教堂广场，广场上错落有致地布置着众多铜制和石制雕塑杰作，其中有各种神话人物的雕像，也有"祖国之父"科西莫一世的高大青铜骑马像。不过最吸引游人的是米开朗琪罗创作的名为《大卫》的纯白大理石人物雕像，该雕像技艺高超，充分展示了男性的身体魅力，又象征着为正义事业而奋斗的力量。因此其基座前总是长时间围着很多人，其中不乏有人用铅笔临摹着大师的作品。《大卫》是米开朗琪罗于1501年开始为佛罗伦萨大教堂创作的作品，1504年完成后被安放在当地政府办公所在地的领主广场，1870年意大利统一后，雕像于1872年被转移到现在的佛罗伦萨美术学院的美术馆。因雕像问世后一直受到人们的极大关注和好评，极为珍贵，后便一直珍藏在室内，现立于露天广场上的只是复制品。

在佛罗伦萨参观游览后，我们一行人又来到了相距不远处的比萨城，见识了久闻大名的比萨斜塔。虽然很早以前就看到过比萨斜塔的照片，但一直不太清楚它究竟是一座怎样的建筑。到了比萨，下了大巴近前观看，才发现原来它并不是一座孤立的建筑物，而是中世纪时期建成的比萨大教堂建筑群中的一座钟楼。作为中世纪意大利最重要的建筑群之一的比萨大教堂，除了钟楼，还有主教堂和洗礼堂。钟楼为白色大理石砌成，外观呈圆柱状，高约55米，直径约16米，为8层结构。每层外廊由数十根精细的圆柱构成，使整座塔看上去古朴而秀巧。钟楼始建于1174年，直至1350年才竣工。据说，当年由于奠基不慎，建到第3层时，开始出现倾斜，在停建约一个世纪后又续建。全塔建造完成后，塔顶偏离中心线约2米多，故被世人称为"斜塔"。六百多年来，整座建筑一直缓慢不断地倾斜着。至今塔顶偏离中心线已约5米。前几年有报道称，意大利政府组织科技力量对塔的倾斜问题进行了较大规模的控制性治理，相信比萨斜塔的"斜而不倾"的奇迹能持续下去。

ENGLAND

英国印象

英国是人们常说的老牌资本主义国家，又是工业革命的发源地。随着物质文明的高度发展，它的精神文明发展水平自然也会比较高，为此我早就怀有去英国看看的想法。愿望的实现是在2009年的3月下旬，春暖花开之际。随旅行社所组团队乘机经芬兰首都赫尔辛基转机飞抵伦敦后，第二天便乘大巴驶往不远处的剑桥，开始了前后11天的深度游。离开剑桥后，依次游览的城市和景点是：约克、爱丁堡、温德米尔湖区、曼彻斯特、斯特拉福德、温莎和伦敦。沿这条线路前行，我们不仅游览了伦敦、爱丁堡等一些大城市，也观光了剑桥、约克等诸多小城镇，并且因为在大小城镇来往穿梭，坐在大巴上尽揽窗外景色，11天下来，也饱览了英国一大片乡村的田园风光。

英国议会大厦及塔楼上的大本钟

大城市少见玻璃幕墙大厦

对大城市的观览可以伦敦为代表。伦敦作为英国首都，又是重要的国际金融中心，自然是一座非常现代化的大都市。不过，这主要不是体现在它的城市建筑上。论建筑，在伦敦并不多见高楼，也不多见最新潮的玻璃幕墙大厦。走在街头，特别是市中心区域，所看到的建筑物基本上类似于在上海外滩及其附近几条道路上所看到的建筑样式。楼层不很高，外墙厚厚的，用石材贴面，显得很坚固。或许因为这样，在伦敦街头闲逛，心中会油然生出一种走在上海外滩的感觉。这种城市建筑的相似性，自然是由于自19世纪末叶起，至20世纪30年代止，作为半殖民地城市，又是中国最大的经济中心和最大的对外贸易港口城市的上海，在外国人主持的市政当局和外商的主宰下，在兴起城市的大规模建设时，市政建设的范例或主要参照物是当时最大的西方贸易大国英国的城市，特别是其首都伦敦。

伦敦的城市建筑今天来看，虽然显得有些陈旧，不像当今的纽约、东京、香港，特别是不像当今的上海那样新潮，但却包含着深厚的历史底蕴，折射出前人曾经付出的努力和奋斗。它的多数建筑外立面都伴有大小不等的圆形立柱和哥特式的尖顶，墙体上也多有精美的雕塑。这些建造于一二百年前，甚至更早时期的房屋，今天人们也还承认它们的价值，认为很有艺术性和可观赏性。而这些看了令人遐想、百看不厌的建筑的出现，并没有离开前人的建筑理念和建筑成果，而是对文艺复兴时期出现和繁荣过的优秀建筑风格和建筑理念的继承和发展。当然这一切也并没有脱离当时的社会经济的发展的状况。正是在伴随近代工业革命而兴起的近代资本主义大发展的过程中，英国人在海内外集聚了大量的物质财富的基础上，才有可能建造大批我们今天所能看到的花费不菲，内部为钢筋水泥，外表为石材贴面，又常伴有精美雕塑的，很具观赏性的建筑。

伦敦的联体别墅

伦敦市中心的建筑，有些类似上海外滩地区的建筑

上：市中心的特拉法尔加广场上矗立着纳尔逊将军的骑马青铜雕像

下：伦敦街头画家

伦敦城给我留下的另一深刻印象是：作为一座驰名世界的旅游城市，它不仅拥有威斯敏斯特大教堂、圣保罗大教堂、大英博物馆、英国议会大厦和白金汉宫等著名文物古迹与景点，也不仅在城内的显耀场所立有数量不少的历代著名国王及著名王室成员的雕像，而且拥有众多英雄伟人雕像和纪念碑，它们构成了这座城市独特的景观。在泰晤士河畔的皇家骑士卫队酒店附近，就有一座皇家坦克军团的纪念群雕。雕塑表现的是1945年参加二次世界大战的皇家坦克军团的5名有功战士。纳尔逊将军和惠灵顿公爵是当年打败拿破仑的英国著名军事家，也是英国人十分崇尚的英雄。在位于市中心的特拉法尔加广场上，人们远远就能看到矗立着的5.3米高的纳尔逊的骑马青铜雕像。而在以惠灵顿的名字命名的惠灵顿广场上，40英尺高的惠灵顿凯旋门则是伦敦的一大标志性建筑。另外，还应该提到的是，英国人不仅不曾忘记历史上曾为国家的利益而英勇奋战的伟人和战士，而且也不曾忘记历来在艰苦的战争中，为战争的胜利贡献过力量，甚至牺牲生命的骡马一类家畜，并为它们在堂堂的伦敦街头也竖起精美感人的负重而行的塑像。这在其他国家和地区似乎还未曾见到过。

英国人崇尚英雄和伟人，甚至也不忘为战争的胜利作出过贡献的家畜，这流露着崇高的感恩情怀。一个国家的人民有了这种情怀，在爱国主义的旗帜下，一定能不断增强凝聚力，保证国家有美好的未来。

英国人没有忘记在战争中作出过贡献的骡马一类的家畜

伦敦城给我留下的第三个印象是：城市绿化好，不仅街头绿地多，大小公园也很多。其中占地面积达一百公顷左右的大公园有五六座。规模都大体相当于上海的世纪公园。大公园中最著名的要数格林尼治公园和海德公园。前者坐落在一片高地上，可以俯瞰整个伦敦城，也是伦敦最古老的公园。园内园外有大片绿茵茵的优质草坪和众多千年古树名木。海德公园占地面积达142公顷，为世界上最大的城市公园之一。这两座公园知名度高，还因为它们有着其他公园不具有的特有声誉。格林尼治公园内曾设置世界著名的英国皇家天文台（建于1675年，1953年迁往他处）。1884年国际经度会议决定以经过格林尼治的经线为本初子午线，作为计算地理经度的起点和划分东西半球的界线。游人如站在当年所定的本初子午线上，左右脚分开，那一只脚便站在了地球的东半部，另一只脚则站在了西半部。海德公园18世纪之前是英国皇家狩猎场，18世纪末，随着伦敦市的发展，逐渐同市区连成一片，被辟为公园。后逐渐成为市中心地带，于是社会名流喜欢在此骑马游乐。再有，现在位的伊丽莎白二世女王每年过生日，海德公园都要举行鸣放礼炮的仪式，这也是公园一年里最热闹的时候。此外，海德公园名气大，还因为它有一个起源于19世纪中叶的"演说角"。人们喜欢在每个星期日的下午来这里，站在肥皂箱上或稍高的地方，演讲讨论各种有关国计民生的话题。说者和听者也常常会因见解不同而引起激烈的争议，场面甚是热闹。那天我们一行进入公园，正看到不远处"演说角"东一个西一个的演说和辩论的场面。虽因语言障碍，我们听不懂演说和辩论的内容，但却能实实在在感受到"演说角"里洋溢着的民主和自由的气氛。

因为绿地多，大小公园多，伦敦便成为世界上人均拥有绿地面积最大的首都。绿地多，空气就好，也便于散步和锻炼，自然也就很宜居。不

格林尼治公园内有众多千年古树

过在伦敦前后数天，我发现它的住房状况也是十分怡人。伦敦市内少见高层公寓楼，较多的是多层楼房和各式各样的单体或联体别墅。占地面积大，又处幽静地段的豪宅也不鲜见。近年来世界各地的有钱人，特别是中东地区、俄罗斯和中国的富豪们纷纷前往宜居的伦敦选购住房，这势必会进一步推升已处高位的伦敦的房价。其后果是不但造成收入不高的英国人买不起伦敦的住房，也促使一些原先住在伦敦的英国人为赚钱而抛售伦敦的房产，然后再去外地低价购进住房。据房地产代理商"汉普顿国际"的一份年度报告，2015年伦敦约6.3万户居民在外地购置房产，这是2007年以来的最高数字。

海德公园内的"演说角"

小城镇保有中世纪的韵味

伦敦虽然给我留下了不错的印象，但来到距它远近不一的几个小镇，我发现，这些小镇是很有韵味，很值得一游的。在英期间我们先后游览的小镇有剑桥、约克、斯特拉福德和温莎。这些小镇面积都不大，人口也不多，2—3万左右。镇上没有鳞次栉比的高楼，基本上都是古朴典雅，样式和色彩都很别致的古旧建筑。道路虽然较狭窄，但大多为被岁月磨得很光滑的小块石子或石板路面。镇中心附近的道路两边也有些商店，稍偏远一点的道路两边则几乎都是闭门锁户的居家。路上行人稀少，也没什么车辆。进入这样的小镇，一下子告别了大都市的喧嚣与繁华，真有点恍惚回到了中世纪的感觉。在所到过的几个小镇中，感觉最有韵味的是最古老的约克城。大约在两千年前古罗马帝国入侵现在的英国这片土地时，就最先选择大体位于大不列颠岛中心位置的约克，作为其占领和统治大不列颠岛的政治中心。后来约克城虽然衰落了，但因其历史悠久，至今留下了许多见证物：斑驳的古罗马城墙、残存然而又显得很坚固的古城门。约克城的传统和古老还体现在它的街名上。至今它不少狭窄的街道依然保留着数百年前充满着中世纪生活气息的名字：肉铺街、蘑菇街、银器街。有人说，要了解英国的古老和历史，到约克城看看就够了。这话有一定道理。

约克镇上的中世纪街道和建筑犹如凝固的音乐

莎士比亚故居，虽显陈旧但历史感厚重

除了约克城，位于英格兰腹地的斯特拉福德留给我的记忆也较深。这是一座镶嵌在田园风光中的小镇，人口不到2万，但年游客数却达150万人次。这同欧洲文艺复兴时期最杰出的戏剧艺术大师莎士比亚密切相关。莎士比亚生于斯、长于斯，也长眠于斯。1564年出生于斯特拉福德的莎翁自18岁与长他7岁的自耕农之女安妮结婚前后，二十余年间一直生活在这一小镇。后去伦敦，先在剧院打杂，后当一名演员，进而改编和独立编写剧本。在整整52年的生涯中，他为世人留下了包括著名的《罗密欧与朱丽叶》在内的37个剧本。这些作品从不同角度深刻反映了文艺复兴时期，人文主义者张扬人性的伟大和崇高的斗争精神，塑造了一系列在世界文学史上具有典型意义的人物形象。莎士比亚不仅仅属于一个时代，而属于所有世纪；不仅仅属于英国一个国家，而是属于全世界。来自世界各地的莎翁崇拜者自然会怀着虔诚的心情，一睹文豪出生、成长和最后安息的地方。

我们进入小镇后，很快便来到了莎翁的故居前。这是一栋坐落在镇中心亨利街上的木结构的两层古老建筑。房屋的门楼上挂着一块铁牌，上面标明它的建筑年代是1531年，距今已近五百年。一栋木结构普通民居，经历如此漫长岁月，虽显陈旧，但不歪不斜，已实属不易。房屋建成三十余年后，莎士比亚便出生于此。房屋的底层是客厅和厨房，还有一座今天看来十分简陋、没有像样的炉体和炉门的壁炉。炉火虽然不再燃烧，但堆放在地上的灰烬却让游人想象当年莎翁在寒冷的冬夜陪同家人在炉边取暖的情景。楼上是主人的卧室和书房，莎翁的许多脍炙人口的作品，可能就是在楼上的书房里完成的。

莎氏故居内的取暖设施

万里迢迢能够来到莎士比亚故居参观，已令我很满足。但没有想到的是，当我们一行走出故居，来到带有花园的故居门前的一个小型广场时，正好看到有人在倾力表演着莎翁的戏剧片断。一打听表演者为英国皇家莎士比亚剧团的演员。这让我们变得更加兴奋。能在莎翁故居观看英国演员在没有任何舞台道具的情况下，演出莎氏剧作，使我更加体味到莎氏戏剧浓厚的生活气息。当然，英国的顶级艺术团体也不是每天都来莎翁故居演出，那天能看到他们的表演，也算我们的幸运。

在参观莎翁故居和看完演出之后，我和旅友们又去镇上闲逛。道路两边的房子也都不高，多为两三层的老房子。不过，类似莎士比亚故居那样十分陈旧的房子已基本上看不到。看来，已有近五百年房龄的莎氏故居因属大名人故居，所以虽然里外都已很陈旧，但也还是原样保留而不轻易拆除重建，甚至也长久没有大修过。把名人故居原汁原味地呈现在世人面前，而不作改动或粉饰，这是很值得赞赏的。漫步街头，斯特拉福德使我十分感动和记忆深刻的还有一点：它的恬淡和宁静。按说作为世界大文豪莎士比亚的故居所在地，小镇里莎翁的印记会无处不在，可实际上除了在莎翁故居及故居前的广场上，在小镇的其他地方，人们并未感受到浓浓的莎氏气息，甚至没有见到在镇上的什么显眼之处竖着莎氏的雕像。同莎士比亚的戏剧作品相关的雕像，在离莎翁故居不远处的一小型广场上，倒有一个，那是一个憨态可掬的小丑雕像。但也仅此而已。小镇街道上的咖啡馆、酒吧及卖纪念品之类的商店也有一些，但临街的房子远没有给人留下家家破墙开店的感觉。商店不多，消费购物者不多，小镇就显得十分整洁而宁静。想想也应该如此。人们外出旅游，原本就是为观览各种自然的和人文的景观，而不是着重消费和购物的。有人赞扬斯特拉福德行政当局没有出于赚大钱的目的，把这一闻名于世的小镇商业化，我十分赞同这一褒奖。

莎氏故居所在小镇斯特拉福德整洁而宁静。

莎氏故居前的小广场上，皇家莎士比亚剧团的演员在即兴演出

乡村一派秀丽的田园风光

在英国旅游期间，很少安排乡村的景点，但11天下来，谈起英国的乡村景色，我们一行人却都十分赞叹，认为英国的乡村一派田园风光，非常秀丽。这一观感主要来自坐在大巴上对窗外英国乡村景色的观看和眺望。从抵达英国第一天在大巴上透过车窗向外望去，我便对英国的乡村景色产生了好感：看不到裸露的荒地，除了树木和森林，大片土地也都是绿油油的。上面种植的除了少量过冬的麦子，几乎都是放养着羊群或牛群的牧草。各家牧场之间用作隔离带的有木栅栏，有铁丝网，有灌木丛，也有用石块垒起的低矮围墙。这种牧场上的多种形式的隔离带，在他国并不多见。在我看来，它们正是英国乡村田野上的一道景观。导游说，用石块垒起的隔离带时间最为久远，有的可能已经历百年以上的岁月。看着眼前的景色，听着导游的介绍，我一时竟想起了英国历史上的"圈地运动"。早年学生时期，在学世界史时听老师讲过在英国资本的"原始积累"时期，有钱有势的人如何骑着马强行圈占广大农民土地的情景。心想现在眼前所看到的一小块一小块的牧场，也许就是当年发生"圈地运动"时，因农民的强力反抗，而未被圈占的土地。

我们的大巴在高速公路上行驶，除了看到十分养眼的大片绿油油的田野外，有时也看到一些豪华庄园。这些庄园常占地数十公顷，除拥有城堡式或豪华式别墅，还有整修得很亮丽的大草坪，以及树林和湖泊。外来观光者路过时，如正好能看到庄园主人骑马在草坪上溜达，那就更会情趣盎然。

英国乡村传递给游人的秀丽感觉，不仅源自它宜人的田园风光，也源自其中优美的自然景观。位于英格兰北部地区的温德米尔湖区便是英格兰最经典的乡间旅游胜地。湖区连成片的大小湖泊共有16个，总面积达2300平方公里。整个湖区群山环绕，水质清澈见底。其中位于温德米尔小镇旁的温德米尔湖最秀丽，被誉为"英格兰最美

的湖泊"和"度假天堂"。游览这一湖泊是行程中的安排。一到目的地,全车人便急着涌到湖边。但见岸畔长排靠背椅上坐着的当地老人沐浴着春日的和煦阳光,尽情地谈笑着。湖水中的水鸟、海鸥和天鹅在嬉戏玩水,争抢着游人抛撒的食物。游船开动后,眼见湖面水平如镜,湖光山色倒映着蓝天白云。湖中央有几座葱绿的小岛,似颗颗翠珠漂浮在水面上。小岛周围帆樯林立,停泊着不少船体为白、红、蓝等颜色的私家游艇,尽显度假胜地的风情。当然湖的四周除了苍翠的山峦和如茵的草地,也多见各种造型和各种颜色的漂亮私家别墅。这些别墅掩映在绿树丛中,弥散出诗意栖居的浓郁氛围。可以猜想,生活在还带有一个能提供生活便利条件的小镇的温德米尔湖畔这样一个如诗如画的地方,在厌倦了城市的喧嚣和繁华,及环境不断遭受污染的当代,一定会是许多人的理想和追求。据导游介绍,不少英国人由于经济条件的限制,也许无法在温德米尔湖区置办一套高价住房,但如能住在乡间,也是心满意足的。其实,对于秀丽而宜人的英国乡间生活

英国乡村的田园风光

温德末尔湖区的景色

的迷恋和向往，并非只限于现今的英国人，包括中
国人在内的一些外国人也如此。林语堂便曾笑谈：
"世界大同的理想生活就是住在英国的乡村田园。"
当然林氏最理想的英国乡村田园所在地也许不在温
德米尔湖区，而在牛津和剑桥这两个拥有世界著名
学府的小镇附近的地方。因为住在这两个小镇附近
的乡村四周，在尽享优美闲适的田园生活乐趣的同
时，还可以兼享读书作学问的便利条件。

上：在温德米尔湖区岸边休闲晒太阳的英国老人
下：温德米尔湖区的高档住宅

RUSSIA

向往俄罗斯

我的俄罗斯之旅时间是在2009年的7月底至8月初，前后只有七天，所涉城市也只有莫斯科和圣彼得堡。虽然如此，但我觉得这是一次十分难忘的旅行。有这种感觉也是很自然的。对我们这代人来说，自孩提时代起，就知道莫斯科是中国也列入其中的社会主义阵营的老大哥苏联的首都，也知道处于莫斯科市中心的红场和克里姆林宫是两处圣地。至于在苏联解体前数十年间被叫做"列宁格勒"的圣彼得堡，也一直崇高而神圣。因为不仅给俄罗斯的，也给近代中国和近代世界的历史发展进程，产生了巨大影响的十月革命的爆发地正是圣彼得堡。退休后能无牵无挂、身心愉快地来到儿时就很向往的万里之外的异域他乡看一看，逛一逛，自然是一件十分美妙的事。

莫斯科

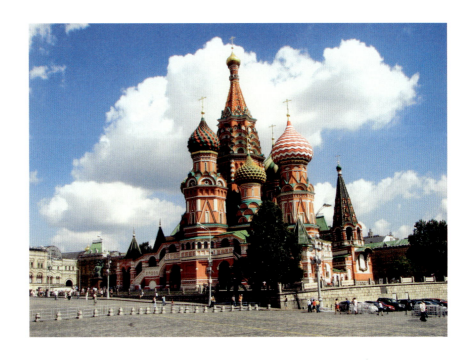

到达莫斯科后，最先游览的便是红场。这天天气特别好，晴空万里，蓝天下飘着少量白云。早餐后经过三次地铁换乘，在导游带领下走出地铁站，从位于红场西侧的通道进入红场。当一眼瞥见红场的标志性建筑克里姆林宫的红墙和塔楼时，我立马就兴奋起来。在导游简单介绍了红场的基本情况和建筑布局后，我便提着相机在红场各处快步溜达，并拍下许多美景。当兜遍了整个红场，能进的地方就进，不能进的地方就尽量多地外观一下，并多次环视整个红场后，我发现，莫斯科的红场并没有想象中的那么大。过去我们总喜欢把红场同北京的天安门广场相提并论，其实就大小而言，红场要比天安门广场小得多。天安门广场呈正方形，面积达40万平方米。红场则呈长方形，据说面积不足10万平方米。根据我行走的感受和目测，红场东西长约400米，南北宽不足300米。除了列宁墓，克里姆林宫的深红色的高大围墙几乎占据了红场的整个

南侧。红场西侧除了通道，主要建筑物为由红砖墙、白尖顶构成的建于19世纪的俄罗斯国家历史博物馆。红场北侧，与南面的克里姆林宫相对的则是一座三层高的体量庞大、墙面呈淡黄色、外立面显得十分精致的建筑物，这便是建于19世纪的俄罗斯最大的百货商场——古姆百货商城。我进去逛了一圈，发现商城的确很大，货物也是摆得满满的。红场东侧则较为空旷，主要建筑为建于16世纪的外形和色彩都极为漂亮的东正教的一座教堂——圣瓦西里大教堂。在我所见到的为数不少的东正教教堂中，圣瓦西里大教堂是最漂亮的一座。它由高矮不等的数座塔楼拼合组成，每座塔楼的最上方都有一"洋葱头"式的塔顶，在俄罗斯他处所见东正教教堂大体结构也如此。但圣瓦西里大教堂每座塔楼的外部图案要复杂得多，色彩也更加绚丽。与其说它是一座建筑，不如说是童话世界中的一件精美的工艺品，十分抓人眼球。

位于红场东侧的漂亮的圣瓦西里大教堂

在红场周围所有的建筑中，列宁墓和无名烈士墓最年轻。列宁墓初建于列宁逝世的当年，即1924年，系木结构。1930年重建，改为石砌，与克里姆林宫的红墙大体等高。外用黑色大理石和深红色花岗石贴面，显得十分庄重，陵墓上方建有检阅台。1941年11月，希特勒指挥的德国军队长驱直入，已经逼近莫斯科近郊，但斯大林依然站在列宁墓的检阅台上，在红场举行了十月革命24周年阅兵式。部队受阅后即直接开赴前线，用生命之躯挡住了嚣张一时的德军进攻，保卫了自己国家的首都。游红场那天列宁陵墓不开放，我们便只能怀着崇敬的心情默默地向它致敬。为纪念二战对德作战牺牲的先烈而建造于1967年的无名烈士墓，靠近红墙西侧。墓地上的长明火终年不熄。守卫士兵定时举行换岗仪式，庄严的换岗仪式总会激起人们对先烈们的缅怀之情。

无名烈士墓的守卫者在换岗

红场上的游览活动结束后，我们一行人便跟随导游进入与红场一墙之隔的克里姆林宫观览。已有数百年历史的克里姆林宫，在彼得大帝于18世纪初将俄国首都从莫斯科迁往圣彼得堡之前，曾是历代沙皇的权力中心，十月革命后又成为苏联党政最高领导机关所在地。20世纪90年代初苏联解体后，再次成为俄罗斯联邦政府机关所在地。原以为一向作为权力中心的克里姆林宫就是几座主要用于办公的豪华宫殿或楼宇。其实它是一个以高大的红色围墙包围着的庞大的总体呈三角形，由诸多建筑物构成的建筑群。其外围红墙全长2235米，高5至19米，墙厚3.5至6.5米。红墙有4座城门和20座高度不等、外形也不尽相同的高耸塔楼。这些塔楼无论近看，还是远看，都十分巍峨壮观。克里姆林宫内除了历代最高统治者和当今俄罗斯总统的办公大楼，还有几座建造于15至17世纪的东正教教堂及其他建筑物。此外，宫内还保存着一尊建造于16世纪后半期的重达40吨、从未用来打过仗的"炮王"。还有一座铸造于17世纪，重达200吨，也从未被使用过的"钟王"。显然，"炮王"也好，"钟王"也好，都只不过是制造和维护帝王威权的一种摆设。好在这一切都已成为过去，如今的克里姆林宫全年对外开放，早没了往日的威权和神秘。

上午10点左右立于红场东侧拍摄红场之全景
左面屋顶飘扬俄罗斯国旗者为总统办公楼

离开克里姆林宫返回宾馆的途中，我们一行又坐了一段地铁。一天的观览活动来去换乘数次地铁，使我对莫斯科的地铁有了一些认识。我发现最初兴建于20世纪30年代、二战后又大规模续建的莫斯科地铁，车站规模大都很宏大，有气势，站台显得又长又宽阔。大概出于战备的考虑，有的站台设置在地下很深的地方（据说最深的站台离地面有90多米），如此以来，自动扶梯就显得特别长。莫斯科地铁给我印象深刻的地方还有：设计别具匠心的车站，装饰都很精美，甚至显得很豪华。地面、墙柱和天花板不仅用高级大理石、花岗石和各类彩釉瓷砖及彩色玻璃铺设，而且许多墙面和天花板上还设置图案精美的浮雕和壁画，甚至镶嵌镀金的各种高档艺术品。

而这一切装饰在色彩和外形上都显得很和谐，让人看了心情愉悦。总之，在莫斯科乘地铁，进入车站就如同进入豪华宫殿，令人大饱眼福。不过，一旦从站台进入车厢，感觉就会有些两样。你会发现，车辆同车站有很大落差：车站豪华，而车辆却显得太过陈旧，座位都是木制的，大概已使用了数十年，开动起来，噪音也比较大。不过我相信这只是暂时的。随着前苏联解体后阵痛的过去，俄罗斯社会经济的逐渐恢复和发展，要不了多久，莫斯科人会拿出钱来更新他们的地铁的。当然，在这中间如果中俄双方能开展合作，让在地铁车辆的制造方面技术领先的中国有关企业提供必要的帮助，这一更新换代的过程肯定会更快更好一些。

装饰精美的莫斯科地铁站

第二天在莫斯科的活动主要是游览市容。除了观看为纪念19世纪初打败进犯莫斯科的拿破仑而建造的凯旋门，以及为纪念二战胜利而建造的战争胜利纪念之外，还近前观看了地处近郊的俄罗斯著名学府——莫斯科大学的主楼。这些观光活动不仅有助于境外游人了解和认识俄罗斯人民一向具有的坚强抵御外来侵略者的决心和能力，而且也让人感佩二战后苏联举全国之力迅速重建国家的雄伟胆略和可贵精神。过去通过各种媒体我们都早已知道，有悠久历史的世界著名的莫斯科大学有一座高耸入云的既壮观又漂亮的主楼。莫斯科人甚至把它视作自己城市的标志性建筑。而这次来到莫斯科才知道，二战后在经济极度困难的情况下，莫斯科人从20世纪40年代到50年代，在重建自己的首都时，前后一鼓作气，在不太长的时间里，总共在全市建造了同莫斯科大学主楼相似的七座大厦。其中一座便是我们坐大巴能近距离看到的位于市中心的俄罗斯外交部大楼。

在莫斯科十分满意地观光游览两天多之后，我和旅友们乘坐舒适的夜车，天亮时分来到圣彼得堡。

宏伟壮丽的莫斯科大学主楼

圣彼得堡

世界闻名的涅瓦大街

圣彼得堡作为俄罗斯第二大城市，除了经济发达外，还是一座景色秀丽的文化名城。圣彼得堡建城时间虽然比莫斯科晚得多，但也已有300年历史。1703年沙皇彼得大帝在位于芬兰湾的涅瓦河河口三角洲的兔岛上，建立了彼得保罗要塞，后逐渐扩建为一座城市，称圣彼得堡。1712年在城市初具规模时，彼得大帝便急着把俄国首都从莫斯科迁至这一同西方各国联系方便，又可作为俄国的通海门户的城市。在以后的岁月里，城市建设不断完善的圣彼得堡一直是俄国的政治、经济和文化中心。不过，历史上该城又曾三易其名：

1914年至1924年更名为彼得格勒，1924年列宁去世的当年更名为列宁格勒，1991年前苏联解体后，俄罗斯政府又恢复了其最初的圣彼得堡原名。

走出圣彼得堡车站，先是我们坐大巴在中心城区观光，随后我们又徒步零距离地观看街景和市容。我发现，或许因为城市建在芬兰湾之畔，圣彼得堡全城地势很平坦，道路虽宽窄不一，但都笔直向前，少有弯曲。就像一个挺直了腰杆子的人走起路来很有精神一样，圣彼得堡也因自己的道路平直向前而显得很有气势。老城区的房子绝大多数建于18至19世纪，一般为多层楼房，不见高层楼宇。房子看上去虽显陈旧，但很有韵味。不但每幢房屋外表样式和色彩不尽相同，彼此又显得很和谐，而且不少楼房的外墙都装饰有精美的雕塑，很有艺术性和观赏性。处于中心城区的著名的涅瓦大街正集中展现了上述特点。这条在300年前圣彼得堡建城之初就已着手建造的著名的大马路长达四公里多，最宽处八车道。它不仅汇聚了全市最大的百货店、食品店和书店，形成了良好的购物环境，而且文化气息也十分浓郁。俄国历史上有不少文化名人都在这里留下了自己的足迹和动人的故事。如今的涅瓦大街18号普希金咖啡馆，当年为一家甜食店，1837年1月27日，普希金就是在这家店里喝了最后一杯咖啡而走上决斗场。涅瓦大街74号则是果戈里的故里，他在这里完成了与这条街同名并且同样伟大的小说《涅瓦大街》的写作。

在时间够长的步行观览中我还看到，圣彼得堡不仅拥有规模宏大的教堂，也拥有不少宽阔的城市广场。其中彼得保罗大教堂前的广场最耀眼。为了使广场显得更宽阔，更加气派，有关部门竟把邻近广场的一条小河上的一座桥的桥面建得一百多米宽，使桥面成为广场的一部分。此外，在一些街心花园或绿化带，还看到不少历代名人的青铜雕像，如彼得大帝、普希金和列宁。这些都显示了圣彼得堡的国际大都市风采。

　　来之前就曾听说圣彼得堡是一座水上城市，享有"北方威尼斯"的美名。来了之后，发现它的确河流多，大小岛屿多，桥梁也多。据中国地图出版社出版的《世界地图册》所载，圣彼得堡整座城市由42座岛屿组成，岛屿之间则由三百多座桥梁相连接。选择这样一个自然条件相对较差的地方建设新的都城，足以显示沙皇彼得大帝具有不一般的眼光和毅力。而如果追溯一下在确定要新建圣彼得堡这座未来新的都城后，彼得大帝的所作所为，那同样也有值得肯定和赞扬的地方。相较英、法、意等西欧一些国家，当时俄国的社会经济和城市建设的发展要落后不少。为了在不利的自然条件下建设一座宏伟壮观，又不落后于欧洲其他著名城市的新国都，彼得大帝决定向西方先进国家学习。他先是赴欧洲的荷兰、英国等一些国家游历，考察和学习他国的城市建设经验，后又参照当时欧洲最高城市建设标准，并邀请意大利、法国和英国的一些著名城市规划和建设专家，协助规划和设计新的城市建设蓝图。蓝图确定以后，圣彼得堡的城市建设才大规模地开展起来。在彼得大帝去世后，其后继者们也都不遗余力地按照当初的总体规划继续建设这座城市。如果说世界上有哪座著名的大城市是先有规划，后有建设的话，那便是圣彼得堡。三百年来尽管城市规模不断扩大，但圣彼得堡的城市中心区的整体格局，始终没有发生大的变化。如今的圣彼得堡不仅是俄罗斯的经济、教育、艺术和科研中心，更是一座世界闻名的文化名城。虽然只有三百余年的历史，但至今它保存完好的，包括宫殿、庭院、博物馆、教堂和纪念碑在内的名胜古迹却达一千多个。为此，1990年联合国教科文组织将整座圣彼得堡城列入世界文化遗产名录。

　　今天当人们回顾圣彼得堡的历史发展，肯定城市的创建者彼得大帝所具有的开拓创新，勇于并

冬宫外景

善于学习的可贵精神时，在不会忘记为这座城市的后续发展作出贡献的人们的同时，更不会忘记为管理好这座世界文化名城而付出辛勤劳动和贡献的人们。因为在当代，人们愈来愈有这样清醒认识：要保持一座文化名城或一座有价值的建筑物的原始风貌，常常是一件很艰难的事情。

圣彼得堡的名胜古迹实在太多，在短短几天时间里，除了在街市上观光游览外，导游也只能把我们带到少数几处最有名的景点，让我们获得对宝贵的历史文物的真切感受和认识。作为圣彼得堡这座伟大城市起点的彼得保罗要塞是要去的，作为在列宁领导的十月革命中向盘踞在冬宫的资产阶级临时政府吹响夺权斗争号角的阿夫乐尔巡洋舰（停泊在涅瓦河中）也是要去的。当然由女沙皇叶卡捷琳娜二世建造于18世纪后期的叶卡捷琳娜宫也是要去的。不过在所观览的诸多景点中，前身作为沙皇宫殿的冬宫和夏宫给我留下了最深刻的记忆。

冬宫始建于1754年至1762年，在1837年的一场大火中被焚毁，1838年至1839年重建。二次大战期间曾再次遭受破坏，战后修复。位于涅瓦河畔的冬宫是一座三层楼建筑物，墙面为暗绿色，柱石为白色，窗框和柱石头部又多有精美雕塑，看上去很典稚又很壮美。走进室内，以金色为基调的各类设施和装饰又会让人们产生金碧辉煌的感觉。十月革命后，1922年昔日的皇宫改为艾尔米塔什国家博物馆，拥有365间展厅的博物馆，藏品超过300万件，和中国故宫、法国卢浮宫、英国的大英博物馆、美国的大都会博物馆并称世界五大博物馆。进入馆内前后只有两小时，看到的展品有限，但我们还是仔细地观看眼前的每一件珍贵的文物。当看到两件镇馆之宝——达芬奇的《圣母与圣子》和《哺乳圣母》两幅名画时，大家都十分地惊喜和满足。据导游说，如果参观者每件展品看一秒钟，那么参观完整座艾尔米塔什博物馆的藏品要好几个星期。

冬宫内部金碧辉煌

夏宫也叫彼得宫，坐落在芬兰湾南岸的森林中，是彼得大帝作为自己的消夏行宫而建的。在叶卡捷琳娜二世执政期间，夏宫又得以继续扩建。它以巴黎郊外的凡尔赛宫为蓝本建造，故有"俄罗斯的凡尔赛宫"之称。但实际上，因为占地面积大，地理位置又优越，且参考了凡尔赛宫建造之得失，夏宫在整体上，特别是其园林部分，要胜过巴黎的凡尔赛宫。整个夏宫分为上花园和下花园两部分。当年彼得大帝居住的大宫殿位于地势较高的上花园，为三层楼建筑。我们去的那天，宫殿内部正进行修缮，不得入内。不过从宫外屋顶及塔楼极为精美而又华丽的金色装饰可以推想，其内部装饰一定更为豪华绝顶。

法国巴黎的凡尔赛宫以其连接国王和王后居室的长廊即镜廊，以及花园雕像闻名于世，夏宫则以下花园里群集的喷泉和瀑布，再加大量镀金的雕像而著称。位于大宫殿下方的喷泉群被称作大瀑布。这里有37座金色雕像、29座浅浮雕、150个小雕像、64个喷泉及两道梯形瀑布。喷泉群的圆形水池中央的喷泉喷出的水柱最壮观，高达22米。人们欣赏夏宫的喷泉和瀑布，不过对于它们的环保流程可能并不知晓。原来夏宫的喷泉和瀑布的水源既不是天然的泉水，也不是自来水管道的来水，而是从邻近的一处高地修渠引水，再利用夏宫上花园的高地造成的水的自然压力，最后形成了下花园的喷泉和瀑布。之后，喷泉和瀑布落下的水再朝北沿着一条笔直的水渠静静地流入秀美的芬兰湾。

夏宫下花园的优美景色

现状有感

在短短前后七天时间里，我和旅友们不仅饱览了俄罗斯绚丽辉煌的古老文化遗产，及以莫斯科地铁站为代表的当代各种不同风格的建筑艺术，领略了俄罗斯的城市风光，而且对当今俄罗斯的社会状况也略有所感。近几年从新闻媒体上不时可看到俄罗斯官场存在较为严重的腐败问题的报道，如因涉及贪腐，前俄罗斯国防部长阿纳托利·谢尔就曾被解职。官场有腐败，那下层的普通百姓又如何呢？没去俄罗斯之前，对此我一无所知。这次俄罗斯之行才知道在普通百姓中的问题也是有的，甚至在有的部门涉及的人还比较多。我这样看问题，依据的正是这次七日游的过程中，亲身经历的三件不愉快的事件，而事情的发生都同当地俄罗斯籍的导游相关。短短七天的行程中，先后有三位年轻女导游同我们二十余名游客相伴。在乘机到达莫斯科的第二天，游览红

场时，第一件不愉快的事情便发生了。在观赏克里姆林宫墙边的无名烈士墓的守卫者换岗时，有位女士不慎在下台阶时扭伤了脚，顿时疼痛难忍，行动不便。可是当我们的领队请求导游开车将伤者送往就近医院医治时，导游不仅没有表现出应有的关心，反而提示，送医院可以，但车费要自理，还要给导游和司机小费。虽经交涉，但最终小费还是送到了导游的手上。第二件不愉快的事情发生在参观位于莫斯科郊外的谢尔盖修道院之时。该院拥有数座15世纪以后建造的东正教教堂。教堂的金顶和钟楼伸向苍穹，威严壮观。不过，同其他的东正教教堂一样，其内部陈设和装潢较一般，远不如欧美各国的基督教和天主教教堂之精美。因是计划中的游览项目，我们一行人便一早跟随导游乘车前往参观。可是在修道院门口导游却提出在教堂内部拍照要交费。我们中的

许多人表示教堂内部没有什么好拍的，因此不愿意交钱。这下可惹火了女导游，只听她大声嚷嚷，如果不交钱，相机就不能随身带，要暂时放在门房间里。导游的这一规定实际上也剥夺了我们在教堂外拍摄修道院其他景物的权利，这自然不能为我们所接受。于是一场激烈的争吵便在所难免，但强龙斗不过地头蛇，最后胜者还是属于导游一方。我本人退休已多年，曾去过不少国家和地区旅游，虽然也知晓并遵守有些内部景点因出于保护文物的需要，而不许拍照的规定，但像在俄罗斯这样强行为拍照收费的情形，却从来没有碰到过。第三件不愉快的事情则直接发生在我个人身上，在圣彼得堡参加一次自费游项目时，因身边零钱不够，我便将一张大面值的钞票交给导游。导游当面并没有退还给我多收的钱，而是说零钱不够，明天再将多收的钱退给我。可是第二天见面时，年纪轻轻的她好像把这事全忘了，提也不提，我自然也不便向她讨要，这种事是否也会发生在其他游客身上？我没问过，不过，我估计发生的可能性是有的。

上面所说的在俄罗斯短暂的七日游期间所发生的三件不愉快的事情，如果只涉及三位导游中的一位，那人们似乎尚无理由把问题看得很严重，但事实是这三件事分别发生在三位导游身上。这样一来，人们似乎便有理由作出如下推测：当今俄罗斯社会上存在的腐败问题绝不是只涉及高层人士和当权者，也同时发生在一些底层民众身上。因此问题的解决，办法也只能是如习近平总书记在谈到解决我国的腐败问题时所强调的那样：要既打"老虎"、又拍"苍蝇"，即既坚决查处各级掌权者的违纪违法案件，又坚决清除发生在部分群众身上的不正之风和腐败行为。

SPAIN

去西班牙看斗牛

西班牙是世界著名的旅游强国，人口只有四千多万，但近年来每年接待的外国游客数量却超过6000万，如2015年便接待了6800万，这源于西班牙有着丰富的自然资源和人文资源。由于地理位置优越，大部分疆土同海洋相接，它拥有7800公里的海岸线。在这漫长的海岸线上又分布着455处被授予蓝旗标志的优质海滩。这一数字是世界上蓝旗海滩总量的六分之一。在世界文化遗产方面，西班牙的拥有量也相当多，有40处，仅次于意大利和中国。此外，西班牙的弗拉门戈艺术和健康的地中海美食也都登上了世界非物质遗产名录。

西班牙拥有的上述丰富旅游资源无不吸引着世界各地的旅游爱好者前往观光游览，但去一次西班牙也只能观赏其中的一部分。而这一部分中，观看闻名于世的斗牛赛似乎成了许多游客的选项。我就是这样。过去虽然在电视上也早已看到过西班牙斗牛赛的场面，但总希望有机会去现场亲身感受一下。

据介绍，斗牛赛在西班牙最早起源于古代杀牛祭神的宗教活动，直到18世纪中叶才逐渐演变成当今流行的斗牛赛。目前西班牙全国有三百多个斗牛场，每年的斗牛赛安排在3月至11月，通常以周日和周四为斗牛日。2010年6月下旬的一天，愿望终于实现。这天下午我和旅友们早早来到位于首都马德里的文塔斯斗牛场。这是西班牙最大的斗牛场，能容纳2万多观众。比赛虽然安排在下午的7点至9点，但天色并不晚，依然是大白天。原来由于地理位置偏西，西班牙日出和日落时间较欧洲其他国家晚不少。在前后两个多小时里，斗牛士共斗死六头牛，平均斗死一头需二十余分钟。出场的都是非洲纯种公牛，体重在400至500公斤，个个生性凶猛。

斗牛表演以斗牛士入场拉开序幕。接着乐队演奏起激昂而又嘹亮的斗牛士进行曲。在激动人心的乐曲声中，牛栏大门敞开，威风十足的公牛飞奔而出，直接朝斗牛士冲撞过去。率先上场的两位斗牛士绝不敢迎面而上，而是迅速躲进处于圆形斗牛场外围的木制挡板后面，然后再伺机不断地走出或躲进挡板后面，手持红布或红色斗篷轮番挑逗和耍弄公牛，使它全场来回飞奔，以消磨其最初的锐气。之后，站在斗牛场对角线两端位置上的两位披甲骑马手持长矛的斗牛士出场，伺机轮番对近身的公牛用长矛刺扎其背颈部，使其血管破裂，以达到放血损体之目的。所骑之马也都用护甲裹住身体并被蒙上双眼，以防其胆怯惧怕。受长矛刺伤且被放血后的公牛，越发凶猛暴烈而将牛角一头扎向斗牛士所骑之马，并死死地顶住它，在最后被斗死的六头牛中，有两头最终都将马匹顶翻在地。当然，这两位斗牛士和马匹的最后解围还得靠多位手持红布的斗牛士上前不断引逗公牛，诱其离开。解围后，长矛手和所骑之马便退出场外。

紧接着，两位花镖手徒步登场，每人手持一对前端带有金属利钩的木杆制花镖，先后孤身一人站立场中，并引逗公牛向自己发起攻击。待公牛冲撞过来，便迅捷用双手将两支花镖刺入牛的背颈部。如刺中，利钩便扎在牛颈背上，也起到放血的作用。但刺不中或只刺入一镖的情形也时有发生，好在每位花镖手可轮流刺击两次。这样，在很短时间内公牛牛颈背上通常便会被刺入数支花镖。这时，观众从看台上可以看到牛全身已血流不止。至此，有的牛便会因体力耗尽或生命终止而倒地不起。如果牛还未倒地，则手持利剑和红布的主斗牛士便会闪亮登场，通过表演一些显示功力的引逗和闪躲动作，继续同公牛周旋，直到公牛累得筋疲力尽，由此迎来了斗牛赛的高潮：通常以斗牛士把一把带弯头的利剑从牛的颈背部刺向牛的心脏，使其顿时鲜血喷涌倒地不起而告结束。随后公牛便被骡马拖出斗牛场。

现场观看西班牙斗牛赛，算是大长了见识。对先后出场的多位斗牛士所表现出来的大智大勇和团结协作的精神我深表敬意。但随着斗牛赛的深入进行，被斗死的牛在不断增加，我心里却不由自主地产生一种不安，甚至揪心的感觉。总感到这项活动虽然场面壮观，格斗惊心动魄，富有强烈的刺激性，但又太过残忍。据说近年来在西班牙围绕斗牛活动的开展问题，也已出现了不同声音的争论。有的认为这项过于残忍，要求取消，但也有人认为这在西班牙是一项最具代表性的传统民族体育项目，体现了西班牙人的热情、无畏、粗犷豪爽和团结协作的民族精神。看来这场争论，短期内是得不出结论的。

斗牛现场

饱览城市风光

这次近十天的西班牙之旅除了观看斗牛赛，其他时间都用来游览西班牙的一些著名旅游城市，主要是马德里、格拉纳达、龙达和巴赛罗那。这些城市大小不一，建成年代早晚不一，城市风貌也不一。多看看，对于从整体上领略和认识多元化的西班牙的城市文化是很有益的。

马德里

马德里作为西班牙首都，位于全国的中心地带，地理位置优越，不仅是全国的政治、经济、交通和文化中心，而且是新旧结合、既古老又年轻的一座很有朝气的城市。在市中心的马约尔广场上，矗立着兴建于16世纪的一幢长约百余米的四层大楼。大楼外墙窗户两边全是由多种彩色瓷砖拼接而成的精美的裸体人画像。这一文艺复兴时期遗留下来的珍贵艺术品，数百年来一直是马德里的一大标志。然而在新建的卡斯提亚纳金融大街，人们又会看到耸立着两幢高115米，相向对称倾斜15度的新摩天大楼。这两幢相向倾斜的大楼，看起来构成了一座不封顶的拱门，被誉为马德里的"欧洲之门"，现已成为马德里的新的标志性建筑。漫步在马德里街头，我发现，全市大小广场众多（据说有三百多个），这些广场的形成年代都较为久远。周围的层数不高、相互毗邻的房屋和道路也都显得陈旧而古老，渗透着浓浓的中世纪气息。不过，在马德里的新城区，人们也同样能欣赏到很美的街景。那里不少马路都很开阔，道路两边的建筑样式同欧洲其他国家的诸多大城市有明显差异，主要是注重外表线条的变化和色彩的多样性与和谐性，特别是窗框和阳台部分多见拱型和廊柱型结构，据说这属于"地中海风格"的建筑类型，而这种建筑类型又正是阿拉伯建筑风格和欧洲古典建筑风格融合的产物。

马德里主城区的许多建筑融合着阿拉伯建筑风格和欧洲古典建筑风格

格拉纳达

　　格拉纳达是一座位于西班牙正南方,距地中海不远,深深烙有阿拉伯人印记的千年古城。公元8世纪初,来自东方的阿拉伯人侵占了现今西班牙领土的大部分,对西班牙进行了长达数世纪的外来统治。直到15世纪末,经过长期的反抗斗争,西班牙人才赶走了外来统治者。当年阿拉伯人对西班牙的统治,重点区域在南方,据点便是格拉纳达。今天人们在格拉纳达依然可以看到当年阿拉伯人占领和统治西班牙的许多历史证物,其中最重要的便是阿尔罕布拉宫。这是阿拉伯统治者的王宫,坐落在一处不高的山地上,原是兴建于9世纪的一座军事城堡,后经过几代阿拉伯君主费心费力的改造和扩建,逐渐成为一座宏伟壮丽的王宫。阿尔罕布拉宫不是单一的建筑,而是一庞大的建筑群,大多数房屋的墙体为白色,屋顶为浅土黄色。或许因为地处南方,天气温暖,多数由廊柱构成的对敞开的空间都很宽大。但不论敞开的部分,还是室内的部分,廊柱和墙壁处处布满了精致细腻的雕刻,其精致和细腻的程度让我们这些当今之人实在难以想象古代的能工巧匠们是那么聪慧和能干。另外我也想到:千余年前阿拉伯人在西班牙所留下的建筑艺术和建筑风格至今也还影响着当代的西班牙,前面说到的马德里一些大街两旁漂亮楼宇的建筑样式和风格正体现了这一点。

上:阿尔罕布拉宫
下:阿尔罕布拉宫精致细腻的雕刻

小镇龙达

　　龙达地处西班牙国土的南端。虽是一小镇，但却因所处地理位置的特殊和险峻而闻名于世。小镇相伴一条名为埃尔塔霍的峡谷，万丈深渊般的深邃峡谷将不大的小镇分割为两部分。1735年建成的一座石拱桥将新老两城区连结起来，站在不长的石拱桥上往左右两边下方观看全是美景，都是陡峭的如刀砍斧削般的悬崖，悬崖之上则是一幢幢白色的二至三层小楼；桥下是往前往后伸延的大峡谷。置身这一场景，真有点梦幻般的感觉，也难以想象二百多年前，龙达的先人在极端险峻的自然条件下，是如何建成石拱桥的。总之，来到龙达，你会感受到一种惊心动魄的壮美，也会在这地处偏僻，没有干扰，只有宁静的地方，尽情地享受你愿意享受的宁静之美。为此，有人认为著名作家海明威在小说《死在午后》中说过的下面一段话是很恰当的："如果你想去西班牙度蜜月或者跟人私奔的话，龙达是最适合的地方，因为整个城市目之所及都是浪漫的风景……"

　　当然，龙达闻名于世，同它作为西班牙斗牛的发源地也不会没有关系。现小镇仍有一座颇具规模的斗牛场。

位于万丈悬崖之上的小镇龙达的民居

巴塞罗那

在观光过的城市中，巴塞罗那留给我的印象最为深刻。这座位于西班牙东北部，濒临地中海的西班牙第二大城市，20世纪90年代成功举办过奥运会，也以拥有长胜不败的巴塞罗那足球队而为世人所知。不过，当今巴塞罗那成为一座名城，在一定程度上也离不开它曾拥有过的一位魔幻般的天才建筑大师——高迪。作为建筑师的安东尼奥·高迪生活于19世纪下半叶至20世纪初叶，一生只同巴塞罗那打交道，为生他养他的这座城市设计建造了大量民用、商用和教堂类的建筑，其中最为著名的有奎尔公园、巴特洛公寓、米拉之家、圣家族教堂。只是圣家族教堂是一座未完成的工程。高迪从1883年接手这项工程后，直到1926年去世，其间他谢拒了其他一切工程，专心致力于该项工程的建造。虽历经四十余年，工程却始终未能完成。所需资金几乎全部依靠捐助，致使工程款时常处于拮据状态，固然这是其重要原因，但边设计边建造，致使工程量越来越大，建造标准越来越高，恐怕也是一重要原因。或许人们难以相信，在高迪去世已近90年的今天，圣家族教堂依然没有完工。据说当下这座大教堂的设计和建造者在高迪之后已经是第五代了。至于教堂什么时候能大功告成，谁也说不准，也许到2050年也竣工不了。尽管如此，圣家族教堂已竣工的部分，特别是它的几个已完成的高达一百多米的塔楼，足以显示出这是一个极为精致而又极为壮观的、能成为巴塞罗那未来标志的工程。为此世界教科文组织便将它与高迪的已完成的奎尔公园、巴特洛公寓和米拉之家等五所建筑一起列为世界文化遗产。一个人的六件作品，其中还包括一件未完成的作品，都被列入世界文化遗产，这在全世界是绝无仅有的事。这不仅是已故高迪的无尚光荣，也是高迪的天才得以施展和发挥的巴塞罗那城的无尚光荣。单单一个作为建筑师的高迪便使得巴塞罗那熠熠生辉。

已建造一百余年尚未完工的圣家族大教堂

巴特洛公寓

高迪的建筑艺术为何能获得如此高的成就？对此有人认为答案只能是：他的作品不是对世上现有建筑艺术的模仿，而是具有全新的创造性。其中的每一项都十分炫目，都与众不同。高迪的创造性思维并非没有根基，而是基于他对建筑设计的主要元素的理解。他曾说过一句名言："直线是人类创造的，曲线才属于上帝。"也就是说在他看来，在建筑设计领域，前人及当下的众人们都以直线为设计的主要元素，而他却和上帝站在一起，把曲线，当然也包括弧线，视为设计的主要元素。高迪在建筑设计领域彻底推翻了前人及当下众人的理念，并付诸实践，这在当时必然会遭受世人的质疑、批判和反对，甚至他母校的校长在谈到高迪时，也曾戏谑地说过这样的话："真不知道，我把毕业证书发给了一个天才还是一个疯子。"尽管如此，绝大多数巴塞罗那人都敬佩和热爱这位伟大的建筑家，折服于他设计和建造的梦幻般的作品。1926年6月10日高迪因车祸离世。出殡那天，几乎全城人都赶来为他送葬，把他安葬在他生前未完成的圣家族教堂的地下墓室里。

高迪的设计理念也许依然不会被很多人接受，但受其影响或追随他的人总还是有的。前不久在浦东新国际博览中心附近，我就看见一座名为喜玛拉雅中心的大厦的裙楼外部造型，就很类似高迪的米拉之家的外部造型。

虽然巴塞罗那以高迪的建筑艺术为傲，但其实它的市政道路建设也是很值得自己引以为豪的。漫步在巴塞罗那街头，我发现它有同其他城市很不一样的道路设计：它的一些大马路中间是宽阔的人行道，较窄的单向机动车道则设置在人行道的两侧。这种设计体现了以人为本的设计理念，便利了行人，并限制了车辆的通行速度。巴塞罗那最让人流连忘返也最人性化的大街叫兰布拉大街。它长1.8公里，连接着著名的加泰罗尼亚广场和靠近海边的哥伦布纪念碑。大街中央十余米宽的由绿树相伴的公共空间留给了市民和游人。各类临时搭建的露天酒吧、餐馆、花店和出售纪念品的小店铺则依序排列在人行道两侧，让行人尽享其便。中央步行道两侧留下的机动车道窄窄的，机动车根本无法快速行驶，从而保证了这条巴塞罗那最繁华热闹、人流量也最大的道路上的行人安全。兰布拉大街又被称为"流浪者大街"，缘于整条大街满布来自世界各地的流浪艺人。他们有的弹奏乐器，有的玩弄各种杂耍，也有不少人竟能长时间纹丝不动地装扮成各种姿态的塑像。要不是每座塑像面前放置一钱罐，行人还真弄不清眼前的这个或那个塑像是不是活人所装扮。多年来我到过的不少国家和地区，也看到过街头艺人，但无论数量上，还是献艺的水平上，恐怕都无法同巴塞罗那"流浪者大街"上的街头艺人相媲美。

兰布拉大街上艺人表演

GERMANY

德国的深度

中国人喜爱去欧洲旅游，其中最想去的国家不外乎法国、意大利、瑞士、英国、西班牙和俄罗斯等国。对德国似乎热度不够，甚或有点冷。大概正由于报名去德国的人不多，在沪上的众多旅行社中单独组团或联合组团去德国的旅行社就很少，甚至在一段时间内根本就没有。德国游的热度不够，原因可能是多方面的，据说其中的主要原因是：著名景点少。对此，我不能苟同。或许德国没有法国巴黎的埃菲尔铁塔那样的景点，也没有意大利罗马的角斗场、俄罗斯莫斯科的红场那样的景点，但作为欧洲地区的一个大国，它必定也会有着许多很有特色的人文方面和自然方面的景观，值得人们去观赏和了解。本着这种想法，在多次赴欧游历过多国之后，我便决定去一趟德国。我的德国游成行于2013年4月。当时上海没有组团去德国的旅行社，我便报了南京一家旅行社所组团队前往，该旅行社的行程安排很让我满意。在前后11天的算得上深度游的时间内，游览的大小城镇有十余座，而且这么多的城镇几乎分布在德国境内的四面八方，这对较全面地了解和认识德国是很有利的。

联邦历史博物馆入口处两侧的精美青铜塑像

过往几次赴欧游，不论是一次游一个国家还是游多个国家，几乎都是先到达所游国家的首都，或者把游览的重点放在一国的首都。而这次德国游既不是先到首都柏林，也不是把首都柏林当成游览的重点城市。我们从上海出发，经北京中转直飞德国西部城市杜塞尔多夫，当天在波恩过夜后，第二天乘大巴前往科隆，正式开始了在德国的游程。整个游程线路从西向南，再从南向中，从中再向东，最后再向北，依次到过的城市或景点是科隆、法兰克福、莱茵河畔小镇芦获哈姆、海德堡、乌兹堡、小镇罗腾堡、新天鹅堡、楚格峰（雪山）、慕尼黑、班贝格、魏玛、德累斯顿、柏林、什末林、吕贝克、汉堡。这中间还坐船游览了莱茵河，欣赏了这条欧洲重要河流两岸优美的景色。

　　在游览了如此之多的城市和景点后，对德国城市的整体风貌和状况也便有了一个大致的了解和认识。我发现，包括柏林、法兰克福、德累斯顿在内的不少城市新建筑较多，旧的带有历史感的二战前的建筑很少。这表明第二次世界大战的

确给德国的许多城市造成了毁灭性的破坏。但值得庆幸的是，即使在一些二战中遭到严重破坏的城市，一些有着重要历史价值的建筑，如科隆大教堂却能幸免于难，或只遭受较轻的破坏。至于地处较为偏远地区的一些中小城市，二战中基本上也大都未遭受破坏，保留着其原有的风貌。

　　对德国城市状况的另一个大致观感是：除了作为首都的柏林和作为欧洲金融中心之一的法兰克福，其他城市少有或基本上没有高层或超高层的建筑。一打听才知道原因主要来自宗教方面的信仰和虔诚。在基督教徒和天主教徒看来，上帝是至高无上的，而用来对其进行祈祷和忏悔的教堂在人世间也应是至高无上的，其高度不能被其他建筑物所超越。这里仅举一例：慕尼黑是位于德国东南部的一座世界闻名的大都市，但目前该市的最高建筑便依然是数百年前建成的顶端为半圆形的罗马式圣母大教堂。

　　此次德国行所到的地方多，观光和游览的景点自然也特别多。而在饱眼福的大量景点中，下面这些我觉得最令人难忘。

科隆大教堂

位于德国西部地区的科隆市已有两千多年的历史。其标志性建筑便是矗立于莱茵河畔的科隆大教堂。该教堂属天主教教堂，由并肩而立的南北两座哥特式尖型塔楼构成。高157米，南北宽86米，东西长145米，为世界第三大教堂。因年代久远，外表呈暗褐色，但高大的形体使其显得十分巍峨壮观。入口处两边石墙上分布的极具立体感，凸显鬼斧神工之力的精美浮雕，又使其显得万分精致典雅。进入教堂后，人们还会惊讶地发现，教堂内部森然林立的石柱，几何图案高妙的穹顶，磨光大理石砌成的墙面和地面又是那样华美。特别是众多大彩色玻璃窗绘制着栩栩如生的圣经事故和人物，更使人们感叹整座教堂精美之极。有人把主要流经德国西部地区的，两岸景色秀丽的欧洲主要河流之一的莱茵河，比喻为一条玉带，千年古城科隆为玉带上的一枚钻戒，那科隆大教堂无疑便是钻戒上的一粒闪闪发光的绿宝石。我国著名文学大师朱自清在其游记《莱茵河》一文中也称赞科隆大教堂是科隆的"荣耀"。还说单凭这一教堂，古老的科隆城也会永世立于人间。不过如果知晓了大教堂问世的艰难，人们对之不知又会如何地感佩。科隆大教堂始建于1248年。在随后的几百年间，因为战争、王朝更替、资金中断等原因，致使其施工多番停顿，断断续续前后建设竟费时六百多年，直到1880年才正式竣工。

前后六百年排除万难，最后坚持建成一座奇迹般的教堂，这足以显示德意志民族具有何等的韧性，何等的毅力！

彩色大玻璃窗绘制着栩栩如生的圣经故事

新天鹅堡

　　新天鹅堡是一座灰白色的，带有几个精致的尖顶和高耸的塔楼的城堡式王宫。由巴伐利亚国王路德维希二世（1845—1886）兴建于1869至1886年。它是欧洲近代史上出现的一座奇特而又著名的王宫。这不仅因为它带有尖塔和城垛，显得宏伟而纤秀，而且因为它竟然建造于阿尔卑斯山的阿尔卑斯湖和波特峡谷瀑布上方的陡峭的岩石之上，地势十分险峻。在如此险峻的地方建造如此奇特的王宫，据说都是根据路德维希二世的梦想所为。路德维希二世认为依据他的意见，在无比险峻的位置建造的这座奇特的城堡式王宫，正是传说中的白雪公主居住的地方。新天鹅堡主楼五层，内部装饰精美豪华。之所以称为"新天鹅堡"，正是为了区别于相距不甚远的被称为"天鹅堡"的旧王宫。不过令人不解的是，就在新王宫基本建造完成的1886年，国王路德维希二世却原因不明地死于离新天鹅堡不远处的施塔贝格湖中。有人说，巴伐利亚国王路德维希二世生前建造新天鹅堡这座梦幻般的宫殿，正是为了献给传说中的白雪公主。

　　新天鹅堡建成后虽然因进出不便，并未当王宫使用过，但它不仅具有很强的观赏性，而且对后世建筑业界产生了不小的影响。19世纪末在德国的北部城市什未林，当地的王公贵族建成了一座很大气又很典雅的宫殿——什未林宫。该宫主楼也为五层，且顶部也有类似于新天鹅堡的尖顶和塔楼，因此又被称为"北方新天鹅堡"。不过，"北方新天鹅堡"地处平原地区，选址在一座被清澈湖水包围着的面积很大的岛上，这就为当年宫殿的设计者和建筑者把什未林宫打造成为极优美、极典雅的园林式建筑提供了条件。那天导游带领我们一行来到什未林宫参观时，虽然大家也很欣赏宫内的豪华设计，但更喜欢宫外的多姿多彩，既清新浪漫又十分和谐的园林设计。

　　新天鹅堡对当代建筑领域的影响似乎也得到了人们的认可。有人认为：分布在世界各地迪士尼乐园中的"奇幻城堡"，虽互有差异，但原型均为德国的新天鹅堡。

瓷砖制作的巨型壁画《王公出巡》

《王公出巡》

　　《王公出巡》是位于德累斯顿市中心的一幅巨型壁画。长一百米出头，宽三四米。内容描绘的是古代萨克森统治者骑马出巡的壮观景像。原为油画，完成于1873年。画作问世后广获好评。为使其不褪色不变形，长期得以保存，当地政府于1904至1907年斥巨资，用两万五千多块举世知名的梅森瓷砖装饰原来的油画内容。原先的彩色油画改为瓷砖装饰，其制作难度可想而知。但改版十分成功，精美程度不减，画面上的众多人物和大批骏马全都栩栩如生。瓷砖制作的《王公出巡》问世一个多世纪来，一直吸引着世人的关注，不少人前往德累斯顿正是为了一睹这幅珍贵的艺术品。不过，当人们知晓这一稀世珍品有着在二战期间险遭毁灭的经历时，一定会更加珍惜它。1945年2月中旬，在二战的欧洲战场即将结束的时候，为了敦促德军早日投降，英国首相丘吉尔下令盟军狂轰烂炸作为德国的重要城市的德累斯顿。在两三天的时间里，英美空军共使用了数千吨高爆炸药和燃烧弹。一时间德累斯顿市中心的所有建筑几近全部被毁。但《王公出巡》却安然躲过被毁的厄运。也许同盟军的决策者们也熟知《王公出巡》有着不可复制的历史价值。

柏林墙遗址

　　到德国旅游，首都柏林不能不去，而到柏林，除了必看作为德国标志的勃兰登堡门，同样大名鼎鼎的柏林墙遗址也是非去不可的景点。柏林墙存在的年代并不很久远，它是民主德国（东德）围绕整个西柏林建造的一座围墙。1961年8月动工，1964年建成。这座混凝土墙全长176.8公里，高3.6米，沿墙还修建了二百多个瞭望哨和一百多个碉堡。民主德国政府花大钱兴建这一巨大工程的目的，是为了防止在两个德国严重对峙的情势下，不满现状的东德人逃往由西德占领的西柏林。柏林墙的建造，从一开始就不仅招致联邦德国（西德）政府，而且也招致整个西方世界政界的抨击和反对。在西方人士看来，柏林墙的建造破坏了人权，限制了人身自由。他们并认定围墙的建造背后有前苏联政府的指使，就连当时的美国总统里根1987年访问西柏林，在东西柏林交界的勃兰登堡门前发表演说时，也指名道姓地对前苏共总书记表示："戈尔巴乔夫先生，请推倒这堵墙！"两年后，东德政府在当时

的政治形势下，终于顶不住来自西方的压力，在1989年11月9日同意开放柏林墙，让不满现状的大量人群自由前往联邦德国。这也便是所谓的柏林墙的坍塌。

　　柏林墙虽已失去了原先的作用，但要拆除它，可不是一件容易事，直到第二年的6月才基本完成。这里使用"基本完成"，而不是"完成"的字眼，乃因为统一后的德国人不愿意把原有的围墙全部拆掉，而决定选择性地保留几段，以纪念那个已逝去的年代。我们前往观看的柏林墙是保留最长的一段遗址，位于东部地区。两德统一后，来自世界各国的一百多位各种画派的著名画家，受邀在这段一千三百多米长的柏林墙遗址上作画，最后形成了后来被称为"东部画廊"的著名的露天艺术画廊。如今这一画廊已被当地政府列入文物保护范围，并由政府出资进行日常的维护，现每年能吸引百万游客前来参观。作为一般游客，我们虽然对绘画艺术不在行，但还是被墙上的各种显得十分夸张的彩色涂鸦所吸引。其中

有两幅给我的印象特别深刻。一幅画的内容是：一个青年男子像跨栏运动员一样跨越两人高的柏林墙；另一幅为前苏联一著名画家所画的《兄弟之吻》，为前苏联领导人勃列日涅夫亲吻前东德领导人昂纳克的情景。前一幅画的寓意显然是想表明柏林墙已经坍塌，而后一幅则想表明柏林墙是前苏联和民主德国两个好兄弟合谋的产物。

"东部画廊"多年的火红经营本已标志着曾轰动一时的柏林墙的问题已成历史，然而世事难料，2013年初开始，在德国，特别是在柏林这座城市，竟有人提出"誓死保卫柏林墙！"这究竟是怎么回事呢？原来年初有消息称，房产开发商将拆除"东部画廊"中的二十多米墙体，并投资三千多万欧元，在原地建造一座十多层的豪宅。这一消息迅即激怒了"东部画廊"的支持者。那一年3月初的一天下午，"东部画廊"前聚集了六千多名抗议者，他们高呼口号："决不允许历史变成奢侈品！"面对众多人群和媒体的抗议和责问，开发商回应称他们不会贸然拆

除绘有画作的墙体。柏林市的市长和画廊所在区的区长事发后也都纷纷表态：此事同他们无关。看来开发商的图谋是不可能实现了。但支持"东部画廊"的人们还是不放心，为维护画廊的完整性，就在我们到达德国的当月（4月），便听说柏林人已组成了营救"东部画廊"联盟，开展"护墙行动"，并有七万人已在"护墙请愿书"上签名。为防止开发商偷偷施工，护墙联盟总部还请专人看守柏林墙遗址。不仅如此，护墙联盟还号召全球艺术家加入抗议拆除的行动。曾在"东部画廊"作画的法国艺术家皮诺响应号召，对德国媒体称："'东部画廊'的所有作品都是柏林乃至欧洲自由的象征，如果被拆，各位艺术家将以财产遭受损害和著作权遭受侵犯为由提起诉讼。"

如今"东部画廊"拆除事件已成过往的历史，我相信最终已得到合情合理的解决。只是从这一事件所引起的风波可以看出，德国人对理想和精神家园的执著追求。

柏林墙遗址

小镇罗腾堡

罗腾堡城门（黄韬 摄）

此次德国行既观光游览了一些现代化的大城市，也去了一些规模不大，但却很有韵味，较好地保留了原有历史风貌的中小城市。其中，小镇罗腾堡最让我难忘。现在只有三四万人口的罗腾堡位于德国中部偏南的一片丘陵地区。建成于公元12至14世纪的中世纪。主要由于地理位置较为偏僻，受外来影响较少，特别是形成有一定格局和规模的市镇后，历来未遭受战乱的破坏，因此整个小镇数百年来一直被完好地保存下来。在漫长的历史岁月里，小镇上的部分房屋可能因破损而改建或重建，但由于几乎是砖石结构的，平时又注重维护，因此绝

大部分房屋房龄都比较长，看上去就是属于古建筑一类。这些以民居为主的古建筑常带有大斜度屋顶，并开有天窗。一般为三至五层，少数有六层。其中最上面的二至三层多为大斜度屋顶包围着的阁楼。这些房屋结构虽类似，但每幢又都有单属于自己的样式，也就是外墙的颜色和装饰也总互有差异，决不雷同。进入小镇，走在狭窄的小石块铺成又常有些弯曲的道路上，眼看着两边多姿多彩、窗台上又多放着各种盆栽鲜花的一幢幢民居，我心头便涌现出一种新奇的美感。而且这一感觉还促使着我放慢脚步，甚至站立不动，一味地盯着两边的民居看。对

小镇上的民居和街景

建筑物产生美感，过去也不是没有过，但同进入罗腾堡产生的美感相较，以前的美感那就淡了许多许多。做这种比较时，我想起了美学界的一句话：美是多样性的统一。或许小镇罗腾堡的民居既多姿多彩，又能高度和谐统一，才让我产生了不同一般的美感。

其实，小镇罗腾堡的美不仅在于它的今天已少见的多姿多彩的古老民居，也在于它的整体布局。下了大巴走进小镇，我们便发现在小镇的中心地带有一个占地约上千平方米的广场。广场的周围有政府机关、教堂，还有出售各种货物和食品的商店。当然咖啡馆和酒吧也是有的。广场通过长短不一、宽度不过五至十米的多条小石块铺就的道路，直接或间接地连接着小镇的各个角落，给镇上居民的日常所需提供便利。

小镇罗腾堡特别能吸引游人的地方还在于：至今它还完整地保留着有数千米长，高约十米，隔一段便有一座塔楼的砖石砌成的古城墙。通过城墙内侧的上方通道，游人可以从一座塔楼前往另一座塔楼，并在高高的塔楼上俯瞰整个梦幻般的小镇。我曾经游览过欧洲不少国家的许多古镇，但如今还完整地保留古城墙的并不多见。

总之，来到小镇罗腾堡会使人产生恍若隔世的感觉，仿佛回到了欧洲中世纪的浪漫情怀。当今如果有谁想体验一下欧洲中世纪的城市风貌，去一趟德国小镇罗腾堡，或许是不错的选择。

城墙上内侧有通道连接相邻的塔楼

NORTHERN
EUROPE

北欧记忆

北欧地处高纬度地区，同北极圈相邻，说起来总给人以寒冷的感觉。为此2013年我赴北欧四国游，便选择在当地阳光最充足的时节——六月底七月初。飞机从上海起飞，到达的是芬兰首都赫尔辛基。在这座面向大海、城市外围被森林覆盖和为众多湖泊环绕的美丽城市，我们只逗留了两天，便依依不舍地先后前往瑞典、挪威和丹麦。在前后十天时间里游览四个国家，时间虽然短了些，但毕竟也留下了不少美好的记忆。

资源富足，生态环境好

地处欧洲最北部的芬兰、瑞典、挪威和丹麦四国总面积达一百二十多万平方公里，但人口少，只有两千四百多万。不过虽然地广人稀，资源却十分丰富。其中芬兰的森林覆盖率全球最高，达百分之七十。由此芬兰也便成为世界上纸张、纸板和纸浆的最大出口国之一。瑞典有世界上含量最高的铁矿，含铁率高达60%至70%，是欧洲最大的铁矿砂出口国。另外，它的森林和水力资源也十分丰富。挪威石油蕴藏量巨大，是欧洲最大产油国之一，其铝矿资源和镁矿资源也位居世界前列。丹麦虽然国土面积小（不到5万平方公里），自然资源较缺乏，但国民经济高度发达，其中奶酪和黄油出口居世界前列，也是世界上最大的貂皮生产国和欧盟最大的渔业国。

由上述情况可见，北欧四国能成为当今世界上最令人欣羡的高福利国家，就不足为奇了。除了沾了"人少好吃饭"的光，也沾了资源丰富、经济高度发达的光。

不过北欧四国人民并没有因为自己的国家资源富足和经济高度发达，便随意消耗社会资源和前人积攒下来的财富，这从各国的城市建设和城市风貌便可略见端倪。在观赏四个国家的首都和其他一些重要城市时，我发现北欧的城市建筑在外形和色彩上都很富有艺术性，很养眼，但谁又能想到，其中的绝大多数楼房都已上了年纪，总有百年以上的历史，而且也很少有十几层以上的高楼大厦。如果从新潮的观点看问题，富足的北欧国家的主要城市总得推倒一批旧的低矮建筑，多建造一些玻璃幕墙式的高楼大厦，以便把城市点缀得更新潮更漂亮一些，但北欧人没有这样做。此外我还看到，北欧各国的许多城市至今都还保留着有上百年历史的旧的有轨电车。这不仅传承了城市的文化脉络，节约了城市的建设费用，而且也十分环保。

说到环保，此次北欧行我更是深有感触。本来北欧各国地广人稀，森林又多，境内湖泊也多，四周又环水，为海洋所包围，生态环境之优在世界上是少有的。但北欧人并未躺下来尽享大自然为他们提供的天然福利和好处，而是更积极主动地努力，以确保他们所处的生态环境的优良。这方面有两点特别值得说一下。

峡湾风光之美

一是骑自行车渐成潮流。

坐在大巴上或漫步在城市的街头，常常可以看到当地居民骑着自行车呼啸而过。而且在一些街头或路段也设置了不少自行车停车站。据导游介绍，近年来北欧各国城市中骑车上下班者日渐增多，其中以丹麦首都哥本哈根最多，平时骑车上下班者已达三分之一左右。他预计到2015年骑车上班者将会达到百分之五十。为此哥本哈根也就顺理成章地成为了世界上唯一一座被国际自行车联盟授予"自行车城"称号的城市。哥本哈根人爱骑车固然同该城不太大、地势较平坦，市民喜爱体育健身有关，但也同市民和当地政府有着很强的环保意识密不可分。据统计，如果每天以自行车代替开车上班，按车程5公里计算，每人每年可减少300公斤二氧化碳排放量。

富有的北欧人为了环保，爱骑自行车

北欧的不少城市还有上百年历史的有轨电车

二是近郊或农村地区依然保留着大量草屋顶的房屋。

同样为近郊或农村地区，我发现北欧四国的农舍同中东欧和西欧地区的明显不同，主要是北欧四国不少农舍，甚至外表很显气派的人家的屋顶，至今还是用厚厚的草料，而不是瓦片铺设。在挪威著名的松恩峡湾和哈棠厄峡湾附近的小镇上，甚至还会看到有的房屋的屋顶上铺着一层厚厚的上面长着草的泥土。这种自古传承下来的建筑方式据说冬天保暖，夏天隔热。当今北欧各国以富有著称，北欧人完全可以用现代化的、更干净的消耗电能的方式来解决住房暖凉的问题，但他们中的不少人却没有作如此的选择。面对这些可尊敬的人们，我要说：你们真正具有环保意识，并实实在在地践行着低碳精神。在如何保护大气环境方面，你们是当代各国人民的榜样。

在北欧一些地方常见的草屋顶或泥屋顶的房屋

草屋顶或泥屋顶的房屋

哥本哈根海边美人鱼塑像

峡湾风光实在美

在北欧四国旅游有许多人文景观可看，而在自然景观方面，最著名的就要数挪威的峡湾风光了。所谓峡湾风光是指海水倒灌，深入内陆为群山环抱的狭长谷地所形成的自然风光。世界上峡湾奇观只分布在挪威、智利和新西兰等少数几个国家，其中又以多崇山峻岭的挪威的峡湾最有名，曾被美国的地理杂志评为全球自然风光第一名。在挪威的四个著名峡湾中，最吸引游人的要数松恩峡湾。该峡湾不仅在世上所有峡湾中最长（240公里）、最深（最深处达1310米），最窄处虽仅有200米，却能通过万顿级的游轮，而且其两岸所展现的秀美景色，也是其他峡湾不可比拟的。

挪威的几大峡湾都集中在西海岸。我们乘坐大巴从首都奥斯陆出发，先乘船游览了哈棠厄峡湾，夜宿小镇后，第二天清晨便出发前往松恩峡湾。其实挪威的峡湾美，在前往峡湾的途中看到的北欧田园风光多姿多彩，也很美。公路两边要么是一望无际的树林，要么是既壮硕又绿得醉人的草地。在海拔较高的地方，还时而会迎面看到接纳着高山上的融雪之水的、平静而又秀美的高山湖。湖畔也常见不少富有当地特色的，屋顶和外墙颜色都较深以便御寒，体量也并不大的别墅。当然在提供给当地人和外来游客居住的房屋中，也有前面已经提到过的草屋顶和泥屋顶的房子。在海拔更高一些的地方则既看不到树，也看不到草，映入视线的只是同残雪相伴的地衣和苔藓之类低等植物。在夏季的北半球看到此情此景，让人心中不免会产生一种想法：我们来到的地方离北极圈可能已不太远了。

总之，在前往峡湾的途中能看到如此多样，且在别处又看不到的田园景色，真够人记忆与回味一辈子的。

在松恩峡湾前后近两小时、游程数十公里

的游览时间里，一船的游客几乎都挤到了甲板上。从神情上便可看出，人人都在贪婪而又好奇地搜索和观看着游轮周围的一切。大家在呼吸着如洗的纯净空气，观看着船舷外的时而如绿宝石状、时而又如蓝宝石状的如镜海水，逗趣着随船飞舞、俯冲啄食的海鸥的同时，欣赏着峡湾两岸的美景。

随着游轮的缓慢前行，两岸的景色不断发生着变化。虽然看到的主要是山景，但前后也大有不同。有时视野接触到的是远方的巍巍群山，山上还覆盖着终年不化的皑皑白雪；有时展现在眼前的又是一片起伏的山峦，上面长满茂密的森林；有时岸边会突现一堆奇峰峭壁，让人担心游轮会撞上去。当然静湖飞瀑的美景也时有展现。不过最赏心悦目的还是岸边出现的大片平缓的坡地，坡地上既有茂密的树林，又有如茵的草地，而在二者之间还常常会巧妙地镶嵌着数量不多的各种

样式、各种颜色的别墅和童话般的小房子。这种多样性组合，使得绚丽多彩的坡地景观最吸引游人的眼球。虽然在整个峡湾旅程中，能多次看到这类景观，但每看到一次，大家都不减拍照的热情，尽量多地把它们拍摄下来。松恩峡湾的坡地景观是游人的最爱，这也很正常，它反映出大家对适于人类生存的好山好水好空气的优良生态环境的追求和向往。

在观赏松恩峡湾的美景时，旅友们也议论着峡湾美景众多的原因。有人提出，这是因为松恩峡湾湾道多。这有道理。在游轮驶过的数十公里距离内，峡湾难得有一段很平直，而总是在同众多大山的交融中，九曲十八弯地向前延伸着。而在每个新的湾道，它好像都要更新自己的容颜，展示出一幅新的画面，让远道来的客人看个新鲜，看个够。的确，松恩峡湾游是一次美的旅程，一次美的享受。

北欧人质朴无华爱创新

结束北欧四国游回到国内后，我头脑里一直萦绕着一个想法：北欧人同欧洲其他部分，至少同西欧和中东欧地区的人有所不同。这一想法的产生源于北欧人较为质朴，又爱创新。前文已提到在北欧一些城市的近郊和农村地区，甚至一些度假胜地，至今都还保留不少很环保的草屋顶和泥屋顶的房屋。其实在很多城市，不仅大量地保有上百年以上的旧建筑，少有新潮的高楼大厦，就是教堂，其内外装饰也都少有西欧和中东欧教堂那样的豪华气派。不仅如此，在芬兰首都赫尔辛基我们还见到一座建造于1969年的算不上古老的岩石教堂。所谓岩石教堂就是深挖地面下的岩石，在岩石腾出的空间建造教堂。我们进去参观发现这是一座路德新教教堂。除了顶部镶着透明玻璃，并没有使用其他建筑材料。周围的墙体用的是原有的岩石。要说有什么布置，那只是在祭台上简单地放着十字架、花束和蜡烛。另外在左侧的岩石墙体处安装有一架大型的管风琴，在正面岩石墙体处安放着一架钢琴。再有，在教堂内也安置了一些座椅，以便利教徒和游人坐下来欣赏钢琴和管风琴的美妙琴声。岩石教堂并不大，但却因质朴而平易近人。它的建造不仅体现了北欧人的质朴无华，也体现了北欧人在宗教领域的创新精神。

北欧人的质朴无华在他们所喜爱的城市雕塑艺术上也有体现。这些塑像多为青年男女的裸体青铜雕塑，而且大都安置在市中心或人流较多的场所。如在赫尔辛基的议会广场附近，斯德哥尔摩颁发诺贝尔奖的市政厅外的广场上，人们就可看到从容有致、体态舒缓的年轻男女的裸体塑像。在奥斯陆甚至还建造了一座名为《维格兰雕塑公园》的公园，专门展示各种裸体人体雕塑。园内的一百多座栩栩如生的塑像表现了人类生活的各个方面，向游人展示着生活中的担当和乐趣。同裸体雕塑相关的是，北欧人也很推崇裸体画。在奥斯陆市政大楼颁发诺贝尔和平奖的市政大厅一面上百平方米的墙上，便有一幅展现人的群体生活的巨幅裸体画。

北欧人为什么如此喜爱和推崇裸体艺术？据导游说，这是因为裸体艺术品线条简洁流畅，又易于展现人们所欣赏和追求的人体之美。

雕塑公园内和他处所见栩栩如生的人体塑像

其实，在艺术领域北欧人对简洁性的追求并未限于人体艺术方面。在赫尔辛基的一座以大音乐家西贝柳丝名字命名的公园里，我们远远就望见一座由数百根不锈钢钢管焊接而成的十几米高、二十几米宽的大型雕塑。该雕塑作品虽然线条简洁，也很抽象，但却充满阳刚之气和蓬勃向上的力量，站立在它的旁边会备感振奋。

如果单说创新，那不论在自然科学领域，还是在人文科学领域，北欧人都成绩斐然。创新的代表人物之一便是瑞典的杰出化学家诺贝尔（1833—1896）。不过诺贝尔虽然在炸药和火药的研制方面很有成就，但他对人类作出的最大贡献还是以他自己的丰厚遗产在多项学科领域设置的诺贝尔奖上。每年用其遗产的利息在多项学科领域颁发一次奖金的活动，对于激励和推动人类科学事业的发展和人类社会的进步，发挥着无比巨大的作用。

北欧人夏天最爱日光浴

西贝柳丝公园内的大型不锈钢钢管塑像

后　记

　　书稿的问世，对我来说，算是退休多年以后，为社会发挥的一点余热。而这余热的发挥除了得感谢上海三联书店出版社黄韬总编和编辑人员的大力支持与辛勤工作，还得感谢复旦大学哲学学院领导及李定生、吴猛、罗长海、陈爱容和何永红等友人给予的热情鼓励和帮助。特别要感谢把志先先生。他不仅对书稿的写作提出了宝贵的修改意见，还在百忙之中为书稿写下赞许有加的序文。

　　另外，在书稿写作的前后过程中，我也阅看过不少各地热爱旅游的朋友们所写的一些旅游观感和论著。他们的思想成果，对于我的思考和写作材料的搜集与运用，都是很有帮助的。在此我也真诚地向这些旅友们致以深深的谢意。

阎吉达
2017年10月于浦东新区
仁恒河滨城寓所